PepperMind

Andreas D. Hesse

wurde 1974 in München geboren. Nach Abitur und Zivildienst jobbte er u.a. als Eisverkäufer, Programmierer und Diskjockey. Seit 1996 studiert er in München Germanistik und Geschichte. Andreas D. Hesse beschäftigt sich seit frühester Kindheit mit Fantasy-Literatur und betätigte sich auch als Erzähler bei Fantasy-Rollenspielen. Seinen ersten Fantasy-Roman schrieb er im Alter von 23 Jahren.

Über dieses Buch

Art, Sanna, Jeans und Phillo kehren zurück in die Wunderwelt Thebuls. Wieder nehmen sie dabei die Gestalt fremder Wesen an, die verborgene Kräfte besitzen. Und diese magischen Fähigkeiten brauchen sie auch, um ihren Auftrag zu erfüllen: Sie sollen die Thronerbin eines mächtigen Königreiches aus den Händen des tyrannischen Fürsten Mahoud befreien. Auf der Reise zu Mahouds Wüstenfestung begegnen die vier einem kriegerischen Nomadenvolk. Hier erwartet Jeans die Enthüllung eines großen Geheimnisses ...

Fortsetzung folgt!

Andreas D. Hesse

Welten Springer

Die Tochter der Wüste

PepperMind

Die Reihe PepperMind erscheint im Egmont Franz Schneider Verlag.

Umschlaggestaltung: ART-DESIGN Wolfrath, München
Titelbild: Ferenc B. Regös
Druck und Bindung: Clausen & Bosse, Leck
ISBN 3-505-11001-9

1

Sanna sah aus dem Fenster und unterdrückte ein Gähnen. Der Herbstregen prasselte so laut gegen die Scheiben, dass Herr Rost fast schreien musste, um das Geräusch zu übertönen. Doch seine Erklärungen über die deutsche Gesetzgebung waren nicht weniger einschläfernd als der Regen, und Sanna hätte sich am liebsten auf die Bank gelegt und geschlafen wie einige ihrer Mitschüler. Sie wusste gar nicht genau, warum sie eigentlich hier war. Immerhin war dies ein Wahlfach, und keiner hätte etwas gesagt, wenn sie nach Hause gegangen wäre. Nur hatte sie vor einer Stunde wohl noch gehofft, dass das Unwetter nachlassen würde. Stattdessen hatte es nur immer stärker geregnet, und nun war völlig klar, dass sie auf dem Heimweg bis auf die Knochen nass werden würde.

Ein Blitz zerriss den düsteren Himmel, und im selben Moment ließ der Donner die Scheiben vibrieren. Alle schreckten aus ihrem Halbschlaf hoch. Auch Herr Rost war zusammengefahren und schüttelte grinsend den Kopf.

„Wir werden uns wohl mit dem Gedanken anfreunden müssen, dass die Welt jetzt langsam untergeht“, meinte er. „Na gut, zu diesem Anlass gibt es kein besseres Thema als unseres. Kann sich noch jemand an die letzte Landtagswahl erinnern?“

Sanna schaltete wieder ab. Sie war einfach zu müde, um zuzuhören, und dachte lieber an den Abend. Ihre Eltern waren schon gegen Mittag weggefahren, um sich ein ruhiges Wochenende auf einer Berghütte zu gönnen. Und diese Gelegenheit hatte sie sofort genutzt, um Jeans, Phillo und Art einzuladen. Sie wollten sich einen Film ansehen, Spagetti kochen und mal ein bisschen im Weinkeller ihres Vaters stöbern.

Nach einer Viertelstunde war sie endlich erlöst und packte ihr Zeug zusammen. Im ganzen Schulhaus war es um diese Uhrzeit völlig still, da sonst keiner mehr Unterricht hatte. Sie verabschiedete sich von den anderen und ging in Richtung Fahrradkeller. Innerlich verfluchte sie sich für die Entscheidung, nicht den Bus genommen zu haben. Aber sie war diesen Monat so knapp dran gewesen, dass sie beschlossen hatte, sich das Geld für die Monatsmarke zu sparen. Und das musste sie nun ausbaden.

Als sie die Tür zum Fahrradkeller öffnete, hörte sie hinter sich ein leises Geräusch. Misstrauisch blieb sie stehen und sah sich um. Doch der Gang hinter ihr schien leer, und wenn doch jemand da war, konnte es nur der versoffene Hausmeister sein. Der war zwar unappetitlich, aber bestimmt nicht bedrohlich. Seufzend ging sie in den Keller, sperrte ihr Radschloss auf und schob das Rad zum Ausgang.

Draußen goss es noch immer in Strömen. Noch einmal sah sie sich um. Irgendetwas war hinter ihr! Ein Schauder lief ihr über den Rücken. Mit einem Ruck ging sie auf die Straße, schwang sich auf ihren alten Drahtesel und fuhr los. Nach einer halben Minute war sie völlig durchnässt und zitterte vor Kälte. Neben ihr rauschten die Autos vorbei und bespritzten sie mit Dreckwasser von der Straße.

An einer Ampel hielt sie an und blies sich in die hohlen Hände, die schon richtig wehtaten. Die Frau im Auto neben ihr sah sie mitleidig an und lachte, als Sanna eine gequälte Grimasse zog. Neidisch betrachtete Sanna die Autofahrer, die warm und im Trockenen saßen. Ein paar Meter hinter ihr stand ein teurer, schwarzer Mercedes, dessen dunkel getönte Scheiben ihren Blick anzogen. Sie konnte den Fahrer darin nicht erkennen, aber der Wagen war ihr unheimlich.

Als die Ampel grün wurde, trat sie heftig in die Pedale und fuhr schnell die große Straße hinunter. Der Mercedes holte sofort auf, doch statt zu überholen, fuhr er weiter neben ihr her. Sanna bremste, und der Wagen wurde ebenfalls langsamer. Jetzt bekam sie richtig Angst. Mit quietschenden Reifen hielt sie an, zerrte ihr Rad auf den menschenleeren Gehsteig und raste zur nächsten kleineren Seitenstraße zurück. Wenigstens war bei dem Wetter niemand unterwegs, und sie bretterte ungestört durch eine Fußgängerzone nach Hause.

Hektisch zerrte sie den Schlüssel aus der Tasche und versuchte das Gartentor aufzusperren. Noch während sie an dem Schloss herumhantierte, rauschte der schwarze Mercedes die Straße entlang und ließ das Wasser hoch aufspritzen. Sobald er Sanna erreicht hatte, bremste der Fahrer so scharf, dass der Wagen ins Schleudern kam und quer auf der Straße stehen blieb. Endlich öffnete sich das Tor. Sie knallte das Gitter hinter sich zu, während aus dem schwarzen Wagen ein älterer Mann ausstieg und auf sie zulief. Ohne einen weiteren Blick auf ihn zu werfen, ließ sie das Rad fallen, rannte zur Haustür und schloss auf. Mühelos stieß der Mann das Gartentor auf und kam ihr hinterher. Verdammt, sie hatte das Tor wohl nicht richtig zugezogen!

Die Haustür sprang auf, Sanna schlüpfte hinein und sperrte mit zitternden Fingern ab. Dann lehnte sie sich erst einmal gegen die Wand und versuchte sich zu beruhigen. Draußen klingelte es, und sie schrak zusammen. Sie musste die Polizei anrufen! Doch bevor sie nur einen Schritt tun konnte, klappte die Tür einfach auf, und der

Mann stand vor ihr. Starr vor Angst sah sie zu ihm hoch.

Er war bestimmt schon über sechzig. Sein langes, weißes Haar war zu einem Zopf gebunden. Er trug einen schwarzen Mantel und darunter einen teuren Anzug. Irgendwie kam er Sanna bekannt vor, aber sie wusste nicht mehr, woher.

„Beruhige dich!“, sagte er freundlich und lächelte sie an. „Du kennst mich doch!“

Schon wollte Sanna sich umdrehen und zum Telefon laufen, da hielt sie plötzlich inne. „Wer sind Sie?“, fragte sie mit zitternder Stimme. „Was wollen Sie von mir?“

Der Alte machte eine kleine Verbeugung. „Mein Name ist Ulrik. Ich wollte mit dir über euren Ausflug nach Thebul neulich sprechen.“

„Dieser Regen macht mich fertig“, knurrte Jeans und machte einen Riesenschritt über eine tiefe Pfütze. „Wenn das noch zwei Tage so weitergeht, suche ich mir ein warmes und trockenes Plätzchen und hänge mich auf.“

Phillo und Art folgten ihr grinsend. Wenn es etwas gab, das Jeans nicht ausstehen konnte, dann war es Regen. Es war schon überraschend, dass sie sich überhaupt hatte überreden lassen, heute mit zu Sanna zu kommen. Wahrscheinlich nervte es sie, dass ihre roten Zotteln einfach nicht mehr richtig trocken wurden.

„Sei lieber froh, dass du was Warmes und Trockenes zum Anziehen hast“, meinte Art fröhlich. „Wenn du dich an unseren letzten Urlaub erinnern würdest, dann müsstest du jetzt bester Laune sein.“

Die vier Freunde hatten sich im Laufe der letzten Monate angewöhnt, von ihrer unfreiwilligen Reise in eine fremde Welt als ihrem „Urlaub“ zu sprechen. Damals waren sie von einem seltsamen alten Mann in das Reich Thebul geschickt worden, um einem König bei seinem Kampf gegen einen wahnsinnigen Fürsten zu helfen.

„Da musste ich nicht bei Regen jeden verdammten Tag in die Schule rennen", erwiderte Jeans mürrisch.

„Stattdessen haben dich alle fünf Minuten irgendwelche Monster angefallen", gab Phillo schulterzuckend zurück. „Aber du hast Recht, die Schule habe ich auch nicht vermisst. Diese ekelhafte Physikarbeit gestern! Wenn ich da 'nen Vierer habe, gehe ich sofort in die nächste Kirche und zünde eine Kerze an." Ihm grauste es bereits davor, sich wegen der Arbeit wieder mit seinen Eltern herumstreiten zu müssen.

Endlich waren sie bei Sannas Haus angekommen, und Jeans klingelte heftig. Sie konnte es kaum erwarten, endlich ins Trockene zu kommen.

„Reg dich nicht künstlich auf", beruhigte Art seinen Freund. „Als wir am Sonntag zusammen gelernt haben, warst du gar nicht so schlecht. Und die erste Aufgabe hast du doch sicher richtig."

Phillo zog eine Grimasse. „Eine Aufgabe von fünfen ist noch nicht berauschend."

„Aber ein Anfang", meinte Art und folgte Jeans durch das Tor, das sich summend öffnete. „Und das Jahr kannst du immer noch locker schaffen."

„Welchen Film wollten wir eigentlich anschauen?", fragte Jeans, die das Thema „Schule" langweilte. Sie hatte noch nie Probleme mit ihren Noten gehabt.

„Ist mir Wurscht", meinte Art, und Phillo zuckte die Achseln. Er war mit allem zufrieden, was ihn von seiner Schulmisere ablenkte.

„Hi, Leute", begrüßte Sanna die Freunde mit leuchtenden Augen. „Ich habe eine Überraschung für euch."

„Du hast nichts zu essen eingekauft, und wir müssen noch mal los?", vermutete Jeans misstrauisch. „Dann gehe ich gleich wieder nach Hause."

„Deine Eltern sind doch da?", sagte Art grinsend. „Wie schön."

„Unsinn." Sanna schüttelte den Kopf. „Na los, kommt rein und zieht euer Zeug aus! Ich habe noch einen anderen Besucher da. Ihr kennt ihn auch."

Die Freunde schlüpften aus den dreckigen Schuhen, hängten ihre Sachen auf und folgten Sanna ins Wohnzimmer. In einem der Ledersessel saß ein älterer Mann in einem feinen Anzug, der aufstand und sie lächelnd musterte.

„Das gibt's doch nicht", rief Art und warf Sanna einen entgeisterten Blick zu. „Das ist der Typ aus dem Park!"

„Na klar", stimmte Jeans heftig zu. „Ihr seid Ulrik, oder?"

„Ihr seid der Magier?", keuchte Phillo. „Wir haben gedacht, dass Ihr tot seid."

„Das wäre ich auch um ein Haar gewesen", entgegnete der Mann, der die Freunde vor ein paar Monaten in seine Heimatwelt geschickt hatte. „Glücklicherweise wurde ich gefunden, nur wenige Minuten, nachdem ich euch fortgezaubert hatte. In Thebul wäre ich mit meinen Wunden sicher verloren gewesen. Aber eure Ärzte sind ihren Kollegen in meiner Welt ein gutes Stück voraus – zumindest was Wunden angeht. Ich wurde in ein Krankenhaus gebracht und operiert. Danach habe ich dort zwei Monate verbracht. Und während der letzten Wochen habe ich euch gesucht."

„Und gefunden", ergänzte Sanna. „Setzt euch hin, ich hole euch Gläser."

„Was habt Ihr denn jetzt vor?", fragte Art und war sich kaum dessen bewusst, dass er unwillkürlich die in Thebul übliche Anrede verwendete.

Ulrik lachte leise. „Ihr habt euch gut in meiner Welt zurechtgefunden, wie mir scheinen will", stellte er fest. „Zum einen wollte ich mich erkundigen, wie es euch und dem König ergangen ist. Und zum anderen wollte ich herausfinden, ob ihr noch im Besitz des Anhängers seid."

„Sie meinen das Teil hier?", fragte Sanna, die gerade mit einem Tablett voller Gläser zurückkam. Um den Hals trug sie eine silberne Kette mit einem runden Anhänger, der etwa so groß war wie ein Handteller. Der äußere Ring des kostbaren Schmuckstücks bestand aus einem golden leuchtenden Metall, während die Scheibe in seinem Inneren silbern glänzte. Beide Teile waren über und über mit geheimnisvollen Schriftzeichen geschmückt.

Die Augen des Magiers leuchteten freudig auf, als er den Anhänger sah. „Genau das meinte ich." Er sah sich lächelnd in der Runde um. „Ihr könnt euch wohl kaum vorstellen, welche Freude dieses Treffen für mich ist."

„Woher habt Ihr eigentlich das Auto?", fragte Sanna und schenkte allen eine Cola ein. „Ich meine, habt Ihr hier einen Job gefunden, oder wie konntet Ihr Euch so etwas Teures leisten?"

„Ein Auto?", fragte Phillo stirnrunzelnd. „Könnt Ihr denn mit einem Auto fahren?"

Ulrik lachte leise. „Man lernt mit der Zeit so manches", meinte er nur. „Und ich kann dir versichern, dass ein wahrer Magier in jeder Welt zu Reichtum kommen könnte, wenn er darauf aus wäre."

„Hm", brummte Jeans skeptisch und trank einen Schluck. „Ich nehme an, dass Ihr jetzt diesen Anhänger zurückwollt, um heimzukehren?"

„Nicht ganz", erwiderte Ulrik. „Zuerst wollte ich euch bitten, mir genau zu schildern, was ihr in Thebul erlebt habt. Wie ist es Herzog Darken ergangen?"

Die Freunde blickten einander an. Plötzlich sahen sie alles wieder genau vor sich, ihre Abenteuer in jener fremden Welt, die in den vergangenen Wochen immer mehr zu einer verblassenden Erinnerung an einen seltsamen Traum geworden waren.

„Nun gut“, begann Sanna schließlich, „nachdem wir in diesen Wald kamen ...“

Es verging eine gute Stunde, bis die Freunde alle Neuigkeiten über König Larson, seinen Feldmarschall Morgan und die gewaltige Königsburg Khormuth erzählt hatten.

„... und dann plötzlich waren wir wieder hier“, schloss Art den Bericht. „Aber das Irre daran ist, dass während unserer Abwesenheit hier gerade mal zwei Stunden vergangen sind.“

Ulrik rieb sich nachdenklich die Augen und sah dann wieder auf. „Ich muss mich bei euch allen bedanken“, meinte er. „Und entschuldigen ebenfalls. Ich habe euch ohne euer Einverständnis in diese Sache hineingezogen und euch dabei größten Gefahren ausgesetzt. Aber ich wähnte mich im Sterben, und deshalb sah ich in euch die letzte Rettung für Thebul. Wenn ich in diesem Park gestorben wäre, hätte auch der magische Anhänger niemandem mehr genützt, geschweige denn mein Wissen um den Verbleib des Bronzeschwertes.“

„Ist doch okay“, sagte Jeans. „Wir hatten immerhin eine ganz lustige Zeit, also Schwamm drüber.“ Die anderen nickten zustimmend.

„Ich danke Gott, dass ich euch mit meinem Handeln keinen dauernden Schaden verursacht habe“, sagte der Magier erleichtert. „Und dass ihr mir deswegen nicht gram seid. Aber jetzt muss ich mich noch einmal bei euch bedanken – für eure Tapferkeit im Kampf gegen den verrückten Darken.“

„Gern geschehen“, brummte Phillo. „Der Kerl war uns sowieso unsympathisch.“

Ein gequältes Lächeln glitt über Ulriks runzeliges Gesicht. „Umso mehr bedaure ich es, dass ich euch um einen weiteren Gefallen bitten muss.“

Die Freunde sahen ihn gespannt an. „Was denn?“, platzte Art heraus.

„Ich bitte euch, ein weiteres Mal nach Thebul zu gehen – diesmal, um mich nach Hause zu bringen.“

„Wieso braucht Ihr uns, um zurückzukehren?“, fragte Sanna. „Ihr könnt doch als Einziger mit dem Ding hier umgehen.“ Sie legte den Anhänger auf den Tisch. „Ich weiß bis heute nicht, wie wir wieder nach Hause zurückgekommen sind.“

„Das ist recht einfach“, meinte der Magier. „Du sagtest, du hättest dich bei dem Sprung in meine Welt in eine Elhaîn verwandelt?“ Jeder der vier war in Thebul in einer fremden körperlichen Gestalt erwacht. „Die Elhaîn sind ein Volk, das eine besondere Begabung hat, was geistige Kräfte angeht“, erklärte Ulrik. „Was ich mühsam erlernen musste, können viele Angehörige dieses Volkes von Natur aus. Deshalb hast du das Artefakt instinktiv benutzt, als es sich aufgeladen hatte.“

„Wie bitte?“, fragte Jeans verdutzt. „*Aufgeladen?*“

„Der Anhänger muss sich nach jedem Sprung erst wieder aufladen, was einige Wochen dauert. Normalerweise kann es nicht mehrmals kurz hintereinander verwendet werden. Es ist zwar möglich, doch das erfordert eine geistige Kraft, die kaum jemand aufzubringen vermag.“

„Aber Ihr habt uns doch nach Thebul geschickt, obwohl Ihr selbst erst kurz zuvor von einer Welt in die andere gesprungen seid“, warf Art verwundert ein.

„Und hätte dabei beinahe meine ganze Kraft verloren“, erwiderte Ulrik ernst. „Wenn ich nicht überzeugt gewesen wäre, sterben zu müssen, hätte ich das nie und nimmer riskiert.“

„Na gut, aber warum müssen wir Euch denn jetzt wieder begleiten?“, hakte Phillo nach.

„Für euch ist in eurer Welt nur eine winzige Zeitspanne vergangen, während ihr in Thebul wart. Für mich wäre dies umgekehrt grundsätzlich ebenso. Ich würde wahrscheinlich neben euch im Wald erwachen, verfolgt von Darkens Reitern."

„Aber dann wäre plötzlich alles anders", rief Art verwirrt. „Dann hätten wir doch alles anders erlebt, und die Geschichte wäre ganz anders ausgegangen."

„Und der Anhänger wäre zweimal da", folgerte Sanna. „Wir besäßen ihn, und Ihr hättet ihn. Wie sollte das funktionieren?"

„Ich weiß es nicht", meinte der Magier stirnrunzelnd. „Ich befürchte nur, dass das Artefakt selbst so einen Bruch in der Zeit zu verhindern wüsste, indem es mich einfach verschwinden ließe."

„Und das möchtet Ihr vermeiden", brummte Jeans. „Eigentlich verständlich."

„Dafür danke ich dir", erklärte Ulrik lächelnd. „Wenn ihr mich jedoch begleiten würdet, sollte das Artefakt uns alle zum richtigen Zeitpunkt in Thebul absetzen, nämlich einige Wochen nach eurer Heimkehr."

„Ihr wisst also selbst nicht genau, was passieren würde?", fragte Sanna vorsichtig.

„So ist es", gab der alte Mann etwas verlegen zu. „Sicher bin ich mir allerdings darin, dass dies meine letzte Chance zur Heimkehr ist. Und auch, dass für euch keine Gefahr in dieser zweiten Reise liegt. Ihr werdet das Gefüge der Zeit nicht stören." Er machte eine kurze Pause. „Ihr müsstet lediglich einige Wochen auf Khormuth verbringen, bis der Anhänger euch wieder zurückbringen kann."

Nachdenklich sahen die Freunde einander an. Jetzt lag es an ihnen, ob der Magier in seine eigene Welt heimkehren konnte oder nicht.

„Können wir uns mal kurz untereinander beraten?",

fragte Phillo ruhig, und Ulrik nickte verständnisvoll. Die anderen folgten Phillo in die Küche.

„Was meint ihr?", fragte Jeans leise. „Stimmt das, was er sagt?"

„Warum sollte er uns denn anlügen?", flüsterte Art erstaunt.

„Es könnte zum Beispiel sein, dass es auch für uns gefährlich ist", sagte Jeans. „Wenn wir seine letzte Chance sind, würde er uns doch wohl kaum verraten, dass wir bei der Sache draufgehen könnten."

„Nein", meinte Susanna. „Ich glaube ihm. Er ist nicht der Typ, der andere reinlegen will."

„Das glaube ich auch", stimmte Phillo zögerlich zu. „Und was tun wir jetzt?"

„Wir gehen mit!", rief Art begeistert. „Ich brauche eh mal wieder etwas Abwechslung. Und in Thebul können wir ein paar Wochen faulenzen und eine Minute später wieder hier sein. Denkt mal dran – wir hatten unsere eigenen Diener auf Khormuth!"

„Und erst das Essen ...", fügte Jeans schließlich schwärmerisch hinzu.

„Nicht in die Schule gehen", sagte Phillo begeistert. „Ausschlafen!"

„In Ordnung", beendete Sanna das Gespräch. „Wir gehen mit."

„Ich danke euch!", rief Ulrik freudig, als die Freunde ihm ihre Entscheidung mitteilten. „Das werde ich euch nicht vergessen, dessen seid gewiss."

„Aber Ihr werdet uns auch wieder zurückbringen, ja?", fragte Jeans noch einmal zur Sicherheit nach. Trotz aller Erholung wollte sie ihren Computer nicht auf ewig missen.

„Sanna kann euch bereits jetzt wieder nach Hause bringen", beruhigte der Magier sie. „Selbst wenn mir etwas zustoßen sollte, muss sie nur ein wenig warten und sich dann mit aller Kraft vorstellen, dass ihr vier wieder an der Stelle wärt, an der ihr eure Welt verlassen habt. Das ist auch schon alles."

„Werden wir uns wieder verwandeln?", erkundigte sich Art neugierig.

„Mit Sicherheit", erwiderte Ulrik. „Ich hoffe, das stört euch nicht allzu sehr."

Jeans schüttelte den Kopf. „Bestimmt nicht. Aber *warum* verwandeln wir uns eigentlich?"

Der Magier nahm den Anhänger und betrachtete ihn nachdenklich. „Das Artefakt ist ein wahres Meisterwerk der Alten, vielleicht das eindrucksvollste Zeugnis ihres Wissens. Soweit ich in Erfahrung bringen konnte, ist es darauf eingestellt, die Reise zwischen den beiden Welten so sicher und angenehm wie möglich zu gestalten. In eurem Fall heißt das offenbar, dass ihr die Körper erhaltet, die eurer Seele am nächsten sind. Gäbe es in eurer Welt noch andere intelligente Lebensformen, würde ich mich vermutlich auch verwandeln."

„Jetzt kapiere ich", seufzte Art.

„Allerdings", meinte Jeans grinsend. „Du und Phillo, ihr werdet das, was ihr eigentlich innerlich schon wart: ein Affe und ein tollwütiges Krokodil."

„Und du ein menschliches Zebra", schnaubte Phillo. Ihm war nicht so ganz wohl bei dem Gedanken, wieder ein Furcht erregendes schwarzes Geschöpf mit Schuppenhaut zu werden.

„Mit der Verwandlung kann ich leben", sagte Jeans ruhig und sah Ulrik erwartungsvoll an. „Wann geht's los?"

„Jederzeit", meinte der Magier. „Wann immer ihr euch bereit fühlt."

„Moment", warf Phillo ein. „Ich brauche was anderes zum Anziehen. Sonst stehe ich in Thebul wieder ohne Kleider da."

„Stimmt", meinte Sanna grinsend. Obwohl Phillo

auch als Mensch schon ein gewaltiger Brocken war, hatte sein muskulöser Echsenkörper bei ihrer ersten Reise alle seine Kleider in Fetzen gesprengt. Er war dann eine Ewigkeit lang nur mit einer Art Lendenschurz herumgelaufen. „Warte mal, ich denke, ich habe was für dich." Sie verschwand und kehrte nach einer Minute wieder mit einem Nachthemd ihres Vaters zurück. „Da solltest sogar du noch reinpassen."

Erleichtert verschwand Phillo und zog sich um. Die anderen brachen in wieherndes Gelächter aus, als er in der Verkleidung erschien und knallrot anlief. „Können wir gehen?", fragte er Ulrik mürrisch. „Ich will nicht ewig in diesem albernen Aufzug herumstehen."

„Seid ihr bereit?", fragte der Magier noch einmal. Als alle gespannt nickten, schloss er die Augen und legte beide Hände um das Artefakt. Zwischen seinen Fingern war ein seltsames blaues Glühen zu sehen. Und dann plötzlich ertönte ein ferner Donner, gleißendes Licht blendete die Freunde, und sie stürzten in eine bodenlose Finsternis.

Mit einem widerwilligen Stöhnen sah Jeans auf, als sich hastige Schritte näherten.

„Wer ist das?", knurrte eine Männerstimme. „Wie kommen die hier rein, verflucht noch mal?"

„Scheinen alle betäubt zu sein", meinte ein anderer. „Mein Gott, was sind das für Gestalten?"

Benommen setzte sich Jeans auf und bedeckte die brennenden Augen mit den Händen. Ihr Kopf war erfüllt von einem schrillen Summen.

„Da ist einer wach!", rief jemand. „Bleib schön ruhig sitzen, Mann! Keine Bewegung!"

„Ich tu schon nichts", beteuerte Jeans und rieb sich das Gesicht, während die anderen nacheinander aufwachten. Sie befanden sich in einem kleinen Hof, der von hohen

Mauern umgrenzt war. Es war Nacht, doch im fahlen Licht des Mondes konnte Jeans immerhin erkennen, dass die Männer um sie herum die roten Umhänge des Königs von Thebul trugen. Das hieß, sie und ihre Freunde waren in Sicherheit. „Wo sind wir denn bitteschön?“, erkundigte sie sich bei den Soldaten.

Zunächst waren alle Männer zu verblüfft, um zu antworten. Dann räusperte sich endlich der Anführer. „Ihr befindet euch auf Khormuth“, sagte er nur. „Und ihr seid hier eingedrungen, weswegen ich euch hiermit verhafte.“

„Momentchen“, bat Art, der sich gerade taumelnd aufrichtete. „Wir sind Gäste von König Larson, also fragt ihn erst mal, was er von der Sache hält, okay?“ Er begann, Phillo wachzurütteln.

„Was sagt er?“, fragte ein Soldat verwirrt. „Wieso Gäste?“

„Ich glaube, ich weiß, warum“, sagte ein anderer und deutete auf Ulrik, der sich leise schmatzend auf die Seite drehte. „Seht mal, wer da liegt!“

„Himmelherrgott noch mal!“, fluchte ein anderer und senkte sein Schwert. „Das sind die vier Fremden!“

„Und ich bin auch dabei“, ergänzte Ulrik zufrieden und gähnte. „Weilt der König zur Zeit auf dieser Burg?“

„Das tut er“, bestätigte der Anführer und sprang zu dem Magier hin, um ihm aufzuhelfen. „Na los, steht nicht so blöd herum! Helft den Fremden!“

Die Soldaten rissen die vier Freunde geradezu auf die Beine, so erpicht waren sie darauf, ihr Fehlverhalten wieder gutzumachen.

„Hm“, machte Phillo. „Oh, hallo zusammen. Sind alle in Ordnung?“

„Die Elhaîn scheint noch ohnmächtig zu sein“, erklärte besorgt der Soldat, der Sannas schlaffe Arme hochzog. „Sie wacht nicht auf.“

„Das will nichts heißen", meinte Jeans lachend. „Sanna, aufstehen! Wir sind da!"
„Lasst mich schlafen", quengelte Sanna und rollte sich gemütlich zusammen. „Nur noch zwei Minuten, okay?"
„Sie ist völlig in Ordnung", stellte Art zufrieden fest. „Besser könnte es ihr gar nicht gehen."

König Larson eilte den Neuankömmlingen entgegen, als sie die Stufen zu seinen Gemächern hinaufgingen. „Was für eine wundervolle Überraschung zu dieser späten Stunde!", rief er. Sein blondes Haar war völlig zerzaust, auf seiner Wange sah man noch den Abdruck der Kissenfalten, und er trug nur einen Überwurf aus dunkelrotem Samt über seiner Leibwäsche. Aber seine blauen Augen strahlten vor Freude. Die vier Freunde und Ulrik verbeugten sich kurz vor ihm, doch er klopfte allen auf die Schultern und schloss nach kurzem Zögern Ulrik in die Arme.
„Mein alter Freund", stieß er erleichtert hervor. „Ich wähnte Euch bereits tot. Gott sei mein Zeuge, ich habe seit Eurer Abreise im Frühjahr keinen Tag verbracht, ohne für Euch zu beten."
„Der Herr scheint Euch erhört zu haben", entgegnete ihm der Magier lachend. „Es geht mir glänzend – zumal ich nun endlich wieder zu Hause bin."
„Herzlich willkommen", sagte Larson ernst und musterte die vier Freunde der Reihe nach. „Seid herzlich willkommen auf Khormuth."
„Danke schön", erwiderte Art fröhlich. „Könnten wir etwas zu essen haben?"
„Bitte", fügte Phillo schnell hinzu und warf Art einen genervten Blick zu. Dann sah er an seinem Nachthemd herunter. „Und andere Klamotten vielleicht?"

Eine Heerschar von Dienstmädchen beeilte sich, den Tisch mit unglaublichen Mengen an Essen zu beladen, während die vier Freunde begeistert zugriffen. Man hatte ihnen eilig Kleider gebracht, die ihren neuen Körpern angemessen waren.

Sanna sah sich müde um. Immerhin hatte der Anhänger jedem wieder die Gestalt gegeben, die er bei ihrem letzten Aufenthalt in Thebul gehabt hatte. Art war wieder ein zwergenhaftes Affenwesen mit goldbraunem Pelz geworden. Auch Jeans hatte erneut die Gestalt einer Khuzum angenommen, einer athletischen jungen Frau mit feuerroten, wirren Haarsträhnen und einer roten Haut, die von schwarzen Tätowierungen bedeckt war.

Das muskulöse echsenartige Monster mit den gelb glühenden Augen und der schwarzen Schuppenhaut ihr gegenüber stellte sich als Phillo heraus, und an ihrer eigenen tiefbraunen Haut und den blauschwarzen glatten Haaren konnte Sanna erkennen, dass sie nun zum zweiten Mal in eine Elhaîn verwandelt worden war.

Sie musste sich eingestehen, dass sie die Blicke genoss, die Larson ihr bisweilen zuwarf.

„Ihr müsst mir sofort berichten, was Euch widerfahren ist, Ulrik", eröffnete der König das Gespräch, während seine neuen Gäste sich begeistert die Teller füllten. „Und ihr natürlich auch", fügte er hinzu und lächelte den vier Jugendlichen zu.

„Wir lassen Ulrik den Vortritt", grinste Jeans mit vollem Mund. „Ich will erst etwas essen."

Der Tisch leerte sich im Laufe der nächsten Stunden zusehends, während erst Ulrik von seinen Erlebnissen berichtete und dann die Kinder von ihrer Heimkehr. Wie immer konnte sich Art nicht zurückhalten und erzählte all ihre Erlebnisse in blumigen Worten. Seine Freunde unterbrachen ihn diesmal nicht, sondern genossen es einfach, in Ruhe weiteressen zu können.

„Erstaunlich", rief der König, als Art seinen Bericht

atemlos beendete. „Ich bewundere euren Mut, den Sprung in diese Welt noch einmal gewagt zu haben – und dies nur, um Ulrik zu helfen.“

„Schon wegen des guten Essens hat es sich gelohnt“, sagte Phillo und lehnte sich zurück.

„Allerdings“, stimmte Sanna zu und goss sich noch etwas Traubensaft ein. „Aber jetzt seid Ihr mit dem Erzählen dran, Larson. Was ist denn hier in den vergangenen Wochen geschehen?“

Der König runzelte die Stirn. „Seit dem Tod von Herzog Darken war es ruhig“, meinte er. „Morgan ist nach seiner Genesung nach Burg Dunkelstein gereist und hat sich um die Verwaltung der Nördlichen Provinz gekümmert – keine besonders leichte Aufgabe.“

„Der Feldmarschall ist gar nicht hier?“, fragte Sanna enttäuscht. „Ich hatte mich darauf gefreut, ihn wieder zu sehen.“

„Er wollte in diesen Tagen nach Khormuth zurückkehren“, erwiderte Larson lächelnd. „Wenn ihr mich noch eine Weile mit eurer Anwesenheit beehren wollt, so werdet ihr ihn mit Sicherheit treffen.“

„Das werden sie bestimmt“, warf Ulrik kauend ein. „Das Artefakt kann unsere Gäste erst in ein paar Wochen wieder nach Hause bringen.“

„Ihr meint den Anhänger der Alten?“, vermutete Larson und warf Sanna einen fragenden Blick zu. Sie trug das Artefakt an einer Kette um den Hals. Der König faltete nachdenklich die Hände. „Nun gut, umso besser. Ich muss nämlich zugeben, dass meine Freude über Eure Anwesenheit nicht ganz uneigennützig ist.“

„Aha“, sagte Jeans stirnrunzelnd. „Und was meint Ihr damit?“

„Soweit ich mich entsinne, seid ihr in eurer Welt etwas jünger, als es eure hiesigen Körper vermuten lassen“, begann der König und lächelte entschuldigend. „Nun ist es so, dass ich zur Zeit einen Besucher auf Khormuth habe. Es handelt sich um Hralena, die Tochter eines alten Freundes. Sie ist sechzehn Jahre alt und soll ein wenig mit den Gepflogenheiten Thebuls vertraut werden."

„Die Tochter von Jassair?", brummte Ulrik schmunzelnd.

„Genau", fuhr Larson mit unbewegtem Gesicht fort. „Nur habe ich momentan einfach zu viel mit der Neuordnung der Nördlichen Provinz zu tun. Ich selbst werde nämlich übermorgen nach Norden aufbrechen, um Feldmarschall Morgan dort abzulösen. Er hat Schwierigkeiten, die königlichen Anordnungen durchzusetzen – jetzt, da das Schwert der Macht zerstört ist."

Die Gäste nickten. Das Bronzeschwert war seit Urzeiten das Wahrzeichen des Herrschers von Thebul gewesen; um die königliche Macht an sich zu reißen, hatte Darken es gestohlen.

„Außerdem muss ich mich noch mit einigen anderen Angelegenheiten befassen, die das Reich betreffen. Aus diesem Grund habe ich kaum Zeit für Hralena", schloss Larson.

„Und jetzt sollen wir uns um das Mädchen kümmern?", fragte Jeans zweifelnd. „Seid Ihr sicher, dass ausgerechnet wir die Richtigen sind, um sie mit dem Leben in Thebul vertraut zu machen?"

„Nein, das nicht", meinte der König lachend. „Aber ihr seid wahrscheinlich die Richtigen, um sie aufzuheitern. Sie hat ein wenig Heimweh, fürchte ich."

„Okay, wir sind einverstanden", meinte Sanna und sah ihre Freunde fragend an. „Zusammen werden wir das Kind schon schaukeln, oder?"

„Wir kommen ja auch mit Art und Phillo zurecht", gab Jeans grinsend zurück. „Da haben wir mit einem zivilisierten Menschen erst recht keine Schwierigkeiten."

„Bei so einem blöden Spruch ist es kein Wunder, dass du rot wirst“, schnaubte Phillo.

„Dann sind wir uns einig?“, vergewisserte Larson sich noch einmal, und alle nickten. „Wunderbar. Ich danke euch. Ihr erweist mir einen großen Gefallen.“

„Nicht der Rede wert“, brummte Sanna und sah dann Ulrik verwundert an. Sie hatte das Gefühl, als würde der Magier nur mühsam seine Heiterkeit unterdrücken.

„Ich glaube, ich könnte jetzt ein bisschen Schlaf vertragen“, gähnte Phillo und streckte sich, dass seine muskelbepackten Schultern knackten.

„Ich habe euch bereits eure alten Zimmer vorbereiten lassen“, sagte Larson und stand auf. „Und eure Diener erwarten euch dort schon mit einem heißen Bad. Werdet ihr mir die Ehre erweisen, morgen mit mir zu frühstücken?“

„Klar“, rief Art lachend und sprang auf. „Unsere Diener – verdammt, das hört sich echt cool an.“

„Im Grunde wollten wir Ulrik gar nicht helfen“, witzelte Jeans und grinste. „Wir wollten uns eigentlich nur von vorne bis hinten bedienen lassen.“

„Das werdet ihr ja nun. Und morgen werde ich euch Hralena vorstellen“, versprach der König und öffnete die Tür. „Gute Nacht euch allen!“

„Sehe ich das richtig, oder haben wir da gerade eine neue Spielteilnehmerin mit ins Boot bekommen?“, fragte Jeans leise und zog eine Grimasse, während sie einem Dienstmädchen zu ihren Zimmern folgten.

„Anscheinend“, brummte Phillo. „Na gut, dann spielen wir halt.“

„Hey, wir sind zu viert“, sagte Art unbekümmert. „Die kann uns den Spaß gar nicht vermiesen, und wenn sie sich noch so sehr anstrengt.“

„Na eben“, sagte Sanna fröhlich. Sie war in Gedanken schon in ihrer Badewanne.

Vor ihren Zimmern verabschiedeten sie sich und verschwanden jeder in seine Kammer. Als sich ihre Diener vor ihnen verbeugten und ihnen eifrig bei jedem Handgriff halfen, hatten alle vier endlich das Gefühl, als wären sie in den Ferien.

2

„Tolles Wetter“, stellte Phillo fest, als er sich morgens gemütlich anzog und dabei aus dem Fenster blickte. Tief unter ihm erstreckte sich rings um die Burg die Stadt Khormuth im hellen Sonnenschein. Die Menschen, die durch die Straßen liefen, wirkten von hier oben wie ein Fluss aus hunderten bunter Tröpfchen.

„Die letzten Wochen waren alle ungeheuer heiß“, erklärte Malem und reichte ihm noch ein leichtes Hemd aus blauem Leinen. Der junge Diener hatte sich offensichtlich noch daran erinnert, dass Phillo am liebsten bunte Kleidung trug. Zuerst hatte er es mit schwarzen Sachen versucht, aber darin sah der Echsenmann noch Furcht erregender aus, als er ohnehin wirkte.

„Bei uns zu Hause hat es in Strömen geregnet, als wir aufgebrochen sind“, meinte Phillo und nickte dem Diener dankbar zu, als der ihm als Letztes in eine dunkelrote Weste half.

„Ihr habt mir immer noch nicht verraten, wo Eure Heimat liegt“, erinnerte Malem ihn neugierig.

„Das versuche ich auch gerade zu vergessen“, erwiderte Phillo unsicher. Sie hatten sich bei ihrem letzten Aufenthalt auf Khormuth mit Larson darauf geeinigt, dass sie niemandem von ihrer Herkunft aus einer anderen Welt erzählen wollten. „Irgendwann werde ich es dir sicher erzählen.“

„Darf ich Euch noch eine Frage stellen?“

Phillo setzte sich auf das Bett und schlüpfte in die riesigen Stiefel, die man extra für seine breiten Echsenfüße geschustert hatte. „Natürlich.“

„Wie habt Ihr es geschafft, an den Wachen vorbei in die Burg zu kommen? Hat Ulrik euch hier hereingezaubert?“

„Woher weißt du, dass wir an den Wachen vorbeigeschlichen sind?“, fragte Phillo verblüfft zurück.

Malem grinste. „Auf Khormuth haben die Wände Ohren.“

„Dann werde ich es erst recht nicht verraten“, erwiderte Phillo lachend. „So, ich gehe jetzt erst mal frühstücken.“

„Habt Ihr noch Wünsche für heute?“

„Bestimmt nicht. Bis heute Abend kannst du dir freinehmen“, erklärte Phillo großmütig und musste sich ein Lachen verkneifen. Wie seine Freunde hatte er sich zuerst gegen dieses ungewohnte Bedientwerden gesträubt. Aber die Gäste mussten sich den Sitten hier anpassen, auch wenn das bedeutete, dass man einen Diener herumscheuchte.

„Was für ein hässlicher Khoganer! Bunt wie ein Papagei“, kommentierte Art fröhlich Phillos Aufmachung, als er auf den Gang trat. „Guten Morgen.“

Art selbst trug weite Hosen und ein flatterndes Hemd aus weißer Seide. Auf Schuhe hatte er verzichtet. Er mochte eigentlich gar keine Kleider auf seinem Fell, die Seidenklamotten waren für ihn nur ein Zugeständnis an die guten Sitten.

„Seit wann dürfen denn Affen in den Palast?“, erwiderte Phillo grinsend die Begrüßung. „Guten Morgen. Sind die Mädels schon wach?“

„Ja und nein“, antwortete Art und deutete auf Sannas offene Zimmertür, aus der gerade Jeans’ energische Weckversuche schallten.

„Komm, wir helfen ihr“, schlug Phillo vor, und sie machten sich daran, Sanna aus dem Bett zu scheuchen.

Kurze Zeit später betraten sie den kleinen Saal, in dem sie bereits erwartet wurden. Larson hatte ein prunkvolles, tiefblaues Samtwams mit goldenen Stickereien an. Er saß am Kopfende der Tafel. Auf dem Kopf trug er einen Goldreif, sein Alltagsornat, das die jungen Gäste respektlos als „Arbeitskrone" bezeichneten. Zu seiner Rechten saß Ulrik, der mittlerweile den feinen Anzug gegen eine weiße Robe mit einem schweren, silberbeschlagenen Gürtel eingetauscht hatte.

„Guten Morgen", begrüßte Larson die Freunde, die sich höflich verneigten. „Ich hoffe, ihr hattet einen guten Schlaf."

„Allerdings", erwiderte Art fröhlich. „Und selbst? Schön geträumt?"

„Danke, sehr gut", erwiderte der König mit einem Stirnrunzeln. Obwohl er Art mittlerweile kannte, hatte er immer noch Schwierigkeiten, dessen zwangloses Geplapper zu ertragen. „Nun gut. Dies hier ist Hralena, Jassairs Tochter. Und dies sind meine Retter: Sanna, Jeans, Phillo und Art."

Die Freunde musterten das Mädchen neugierig, das zur Linken des Königs saß und sie wie versteinert anstarrte. Ihre Haut war noch dunkler als die von Sanna, und ihre Augen waren ebenso schwarz wie ihr langes, gewelltes Haar, das in einem dicken Zopf hinter ihrer Stuhllehne fast bis auf den Boden herabhing. Sie war tatsächlich wunderschön, hatte aber einen seltsam arroganten Zug um den Mund. Ihr weißes Kleid bestand scheinbar aus hunderten von einzelnen Tüchern, die so übereinander gelegt waren, dass ihre goldenen Ränder wie ein feines Netz um den Körper des Mädchens zu schweben schienen.

Das Mädchen erwiderte kühl die Blicke der Gäste. Als sie Jeans sah, versteinerte sich ihre Miene.

„Hallo", begrüßte Art sie schließlich und setzte sich

neben sie. „Larson hat gestern schon von dir erzählt."

Das Mädchen starrte den kleinen Affenmann fassungslos an. Dann wandte sie sich an den König. „Was sind das für Wesen?", rief sie empört mit einem fremdländischen Akzent. „Wie spricht dieses Tier mit mir?"

„Ich bin kein Tier", klärte Art sie freundlich auf und nahm sich ein Brötchen. „Ich bin ein Lherram."

Sie sah ungläubig auf ihn herab und wandte sich dann erneut dem König zu. „Und Ihr lasst sie an unserer Tafel essen, mein König?"

„Das sind Freunde von mir", erklärte Larson lächelnd, doch seine Stimme hatte einen frostigen Unterton, der alle aufhorchen ließ. „Sie haben mein Leben gerettet und mein Land vor einer Tyrannenherrschaft bewahrt. Ich bin ihnen zu großem Dank verpflichtet."

„*Dah-rai vir uano*", erwiderte das Mädchen. „Euer Wille sei Gesetz." Wieder musterte sie die vier Freunde. Ihr Blick blieb einen Moment an Jeans hängen. Dann widmete sie sich wieder ihrem Teller, während auch die anderen sich setzten.

Eine Weile waren alle mit dem Frühstück beschäftigt.

„Wie lange gedenkt ihr zu bleiben?", fragte Larson schließlich.

Jeans zuckte mit den Schultern. „Keine Ahnung. Mal sehen." Als Jeans zu sprechen begann, drehte sich Hralena entsetzt zu ihr herum, als hätte sie etwas Unerhörtes gesagt.

„Auf keinen Fall möchten wir Eure Gastfreundschaft zu sehr ausnutzen", fügte Sanna rasch hinzu und warf der Prinzessin einen verwunderten Blick zu.

„Um Gottes willen, nein", erwiderte Larson lachend. „Das war nicht der Sinn meiner Frage. Ihr seid mir willkommen, so lange ihr bleiben wollt. Ich dachte nur daran, dass euch vielleicht irgendwann Khormuth alleine zu öde werden könnte."

„Natürlich“, rief Ulrik mit vollem Mund. „Ihr könntet doch eine kleine Reise unternehmen. In zwei Tagen gibt es nämlich im Süden ein besonderes Wunder Thebuls zu bestaunen. In der Provinz Velhain befinden sich die Kristallberge. Kein Mensch weiß, ob es sich bei diesen Gebilden wirklich um Berge handelt. Manche Leute vermuten, dass sie ein Bauwerk der Alten sind. In dieser Jahreszeit steht der Mond während einer einzigen Nacht so, dass sein Licht die Kristallberge in den wunderbarsten Farben erstrahlen lässt, und es ertönt eine seltsame Melodie, die jedem das Herz zerspringen lässt vor Glück.“

„Wer das einmal gesehen hat, vergisst es nie wieder“, sagte der König und lächelte verlegen. „Ich habe dieses Wunder erst einmal miterlebt und nehme mir seither jedes Jahr vor, wieder dorthin zu reisen. Nur rufen mich meine Pflichten gerade jetzt an einen anderen Ort.“

„Hört sich cool an“, meinte Art und sah die anderen an. „Was meint ihr?“

Sanna nickte. „Klar, warum nicht?“

„Wann müssten wir denn aufbrechen?“, fragte Jeans kauend. „Zwei Tage sind nicht mehr so lang hin.“

„Das ist richtig“, erwiderte Larson. „Um sicher zu gehen, solltet ihr noch heute aufbrechen.“

„Hm“, meinte Phillo. „Ich hätte gerne noch ein bisschen gefaulenzt, aber wenn das nur einmal im Jahr passiert, dann müssen wir wohl.“

„Ihr werdet es nicht bereuen“, versprach Ulrik und sah Hralena an. „Außerdem werdet Ihr dann Fürst Rovar kennen lernen, Hralena. Das mag sich für Euch noch als nützlich erweisen.“

„Wie bitte?“, fragte das Mädchen überrascht, während die vier Freunde sich heimlich entsetzte Blicke zuwarfen. „Was meint Ihr damit?“

Der König faltete die Hände vor dem Bauch und lehnte sich zurück. „Ich dachte, dass es für Euch sinnvoll sein könnte, noch ein wenig mehr von meinem Land kennen zu lernen, Hralena“, erklärte er ruhig. „Meine Freunde haben sich bereit erklärt, Euch zu begleiten.“

„Aber ich will nicht ...“, begann das Mädchen, und ihre dunklen Augen blitzten wütend.

„Ihr werdet es nicht bereuen“, unterbrach Larson sie knapp. „Ihr werdet auf dieser Reise interessante Erfahrungen machen, die Euch später von großem Nutzen sein werden.“ Er sah sich in der Runde um. „Ich werde Anweisung geben, Euch eine geeignete Eskorte zusammenstellen zu lassen. Und nun entschuldigt mich, ich muss einen Boten empfangen, der mir Neuigkeiten aus der Nördlichen Provinz bringt.“

Alle erhoben sich, als der König mit langen Schritten aus der Halle eilte. Hralena blieb stehen, während sich die anderen verblüfft wieder setzten.

„Ulrik, auch ich empfehle mich“, sagte Hralena. „Nach dem Willen meines Königs muss ich heute abreisen, und ich habe einige Vorbereitungen zu treffen.“ Der Magier verneigte sich, und das Mädchen rauschte beleidigt davon, ohne die vier Freunde eines Blickes zu würdigen.

„Ulrik, könnt Ihr uns das bitte erklären?“, fragte Sanna in mühsam beherrschtem Ton, sobald sich die Tür hinter Hralena geschlossen hatte.

Der Magier spielte verlegen mit einem Kanten Brot. „Hralena ist die Tochter eines Freundes von Larson“, begann er. „Er hat unseren König gebeten, ihr das Leben in einem anderen Land zu zeigen. Sie ist nun schon seit über einem Monat auf Khormuth, und Larson vermutet, dass ihr die Einsamkeit zu schaffen macht. Sie ist die Einzige ihres Volkes hier. Larsons Hoffnung ist, dass sie sich in eurer Gesellschaft etwas wohler fühlen könnte, da ihr alle ... nun, so anders seid.“

„Wenn das mal nicht in die Hose geht“, brummte Phillo. „Ich meine, die hat doch Angst vor uns.“

„Dann nehmt sie ihr“, schlug Ulrik unbekümmert vor. „Ich bitte euch, versucht, euch ein wenig um sie zu kümmern. Bestimmt wird sich ihr Verhalten ändern, sobald sie sich an euch gewöhnt hat.“

„Nun ja“, meinte Sanna skeptisch. „Wenn Ihr Euch da sicher seid ...“

„Das bin ich“, bekräftigte der Magier. „Und nun solltet ihr euch ebenfalls von euren Dienern ein wenig Kleidung zusammenpacken lassen.“

„Dieser verfluchte Mistkerl“, schnaubte Jeans wütend, als sie zu ihren Zimmern gingen. „Der hat doch nur die Schnauze voll von dieser Zicke! Und jetzt hängt er sie uns ans Bein! Was denkt der sich eigentlich?“

„Er hat es nicht schlecht eingefädelt, das muss man ihm lassen“, brummte Phillo. „Wir haben uns also bereit erklärt, sie zu eskortieren. Na, so was.“

„Kann uns doch wirklich egal sein“, rief Art. „Stellt euch doch mal vor, diese Kristallberge! Ich freue mich darauf, egal ob Hralena mitkommt oder nicht.“

„Art hat Recht“, stimmte Sanna ihm zu. „Trotz allem, Larson gibt uns einen Begleitschutz mit. Wir sind ja nicht mal alleine mit ihr.“

„Mag ja sein, aber ich bin mir nun mal sicher, dass wir ohne diese Tussi mehr Spaß hätten“, murrte Jeans.

„Ich muss mir jetzt wirklich überlegen, welche Klamotten ich mitnehme“, wechselte Sanna das Thema. „Mir haben sie so viel Zeug in die Truhen gelegt, dass ich unmöglich alles mitnehmen kann.“

„Ach, du lieber Himmel!“, rief Phillo und schlug sich an die Stirn. „Ich habe Malem bis heute Abend freigegeben.“

„Ach Gottchen!“, rief Jeans mit gespieltem Entsetzen. „Dann musst du am Ende alleine packen. Das ist eine echte Katastrophe.“

„Du dumme Gans, ich habe doch nicht mal Taschen", grollte Phillo, während Art und Sanna in Gelächter ausbrachen. „Ich kann es wirklich nicht alleine."

Doch seine Sorgen waren unbegründet, da Malem bald ungerufen wieder auftauchte. Innerhalb einer Stunde hatte jeder der Freunde ein dickes Bündel mit Kleidung und Decken geschnürt, das ihr Leibdiener zu den Stallungen brachte. Die Freunde gingen in den Sonnenhof, um den Aufbruch zu erwarten. Sie setzten sich auf die Wiese an den Rand des kleinen Teiches, beobachteten die Fische darin und genossen die warmen Sonnenstrahlen.

„Kristallberge hin oder her", seufzte Sanna und legte sich auf den Rücken, „ich könnte es hier schon ein paar Tage aushalten."

„Die Sonne wird weiter südlich schon auch scheinen", vermutete Phillo und plantschte mit der Hand im Wasser herum.

„Ich kann mich nicht an den Gedanken gewöhnen", sagte Jeans nachdenklich. „Wir sitzen hier, es vergehen Stunden und Tage, und wenn wir in etwa vier Wochen wieder zu Hause sind, sind dort höchstens ein paar Minuten vergangen."

„Ist doch cool", meinte Art. „Das ist der perfekte Urlaub. Du erholst dich in zwei Minuten wie in vier Wochen."

„Trotzdem komisch. Was ist denn gerade in unserer Welt los? Steht die jetzt still oder was?"

„Keine Ahnung", gab Art zu. „Du kannst ja mal Ulrik fragen. Der wird das doch vermutlich wissen."

„Wahrscheinlich", erwiderte Jeans und wandte sich um. „Wer kommt denn da?"

„Hey, das ist Richard!", rief Sanna und setzte sich auf, um dem Mann zu winken, der quer über die Wiese auf sie zulief. Der Krieger trug sein Kettenhemd und einen

Helm unter dem Arm. Seine Schultern bedeckte der rote Umhang, das Wahrzeichen der königlichen Garde.

„Seid gegrüßt", rief der Mann und verneigte sich vor ihnen. „Ich freue mich, euch endlich wieder zu sehen."

„Wir uns auch", erklärte Art fröhlich. „Wie geht es Euren Wunden?"

„Ich bin so gut wie neu", versicherte Richard. Bei dem letzten Abenteuer der Freunde war er von Herzog Darkens Männern schwer verletzt worden.

„Das freut mich", sagte Phillo. „Als wir Khormuth verlassen haben, hattet Ihr noch Fieber."

„Es war wohl recht knapp", nickte Richard lächelnd. „Aber ein bisschen Fieber kann mich nicht umbringen, wie ihr seht. Doch bevor wir uns verplaudern – ich komme, um euch abzuholen."

„Ihr begleitet uns?", fragte Jeans freudig.

Richard verneigte sich kurz. „Der König hatte die Güte, mich zu eurem Geleitschutz einzuteilen. Eigentlich sollte ich ihn nach Norden begleiten, aber ich bat darum, euch Gesellschaft leisten zu dürfen, als ich von eurer Reise hörte."

„Sehr schön", stellte Phillo fest und stand auf. „Na, dann wollen wir mal. Ist denn unsere neue Freundin auch so weit?"

„Ja, sie ist schon mit dem König bei den Stallungen." Er verzog das Gesicht. „Es scheint ein kleines Problem zu geben, da die Dame etwas mehr Gepäck mitzunehmen gedenkt, als unsere Tiere tragen können."

Die Kinder folgten dem Soldaten durch die Burg zu den Stallungen.

„Richard, was für Pferde habt Ihr eigentlich für uns vorgesehen?", fragte Sanna.

„Ich habe euch die Tiere satteln lassen, die ihr letztes Mal geritten habt", erklärte Richard. „Hoffentlich war das in eurem Sinn."

„Oje“, stöhnte Jeans. „Für mich den schwarzen Hengst, ja? Dieses Biest vom Kapitän?“

„Ihr habt euch doch recht gut an das Tier gewöhnt, oder?“, meinte der Mann überrascht. „Wenn es euch nicht zusagt, werden wir ein anderes finden.“

„Nein, ist schon okay“, meinte Jeans grimmig. „Ich werde schon mit ihm fertig.“ Sie hatte dem Hengst vom ersten Augenblick an misstraut, und in der Tat hatte er sich als ziemlich unberechenbar erwiesen.

„Und ich?“, fragte Phillo sorgenvoll.

„Ihr reitet mit mir“, beruhigte ihn Richard. Er hatte es schon miterlebt, dass Pferde auf Phillos Echsengestalt so ängstlich reagierten, dass er sich nicht alleine im Sattel halten konnte. Für ihn kam eine Reise zu Pferde nur dann in Frage, wenn er hinter einem erfahrenen Reiter saß.

Als sie im Hof der Stallungen ankamen, bot sich ihnen ein interessantes Bild: Der König stand vor Hralena und redete leise auf sie ein, während hinter ihr ein Riesenturm aus Gepäckbündeln von einer Dienerkarawane Stück für Stück abgetragen und in die Burg zurückgeschafft wurde. Das dunkle Mädchen starrte wütend zu Boden und hatte die Arme vor der Brust verschränkt. Die beiden Soldaten, die sie außer Richard noch begleiten sollten, hielten sich ein wenig abseits und versuchten, so zu tun, als ob sie weghörten.

„Wetten, dass Larson eine Party feiert, sobald wir weg sind?“, murmelte Jeans. „Seht euch mal sein Gesicht an!“

„Er wirkt etwas angestrengt“, stellte Sanna kichernd fest. „Und in fünf Tagen schauen wir auch so aus.“

„Wir müssen nicht so höflich sein wie er“, meinte Phillo grimmig. „Wenn die Zicke anfängt zu spinnen, werden wir es ihr schon sagen.“

„Hey, cool, dann hacken nicht immer alle auf mir

rum“, rief Art ehrlich erleichtert, und die anderen lachten, worauf der König sich zu ihnen umwandte.

„Ihr seid bereit, wie schön“, sagte er und atmete tief ein. „Wir mussten hier noch einen kleinen Irrtum klären, aber in wenigen Minuten könnt ihr aufbrechen. Richard, Eure Männer sind bereit?“

„Seit längerem, mein König“, nickte der Krieger und unterdrückte ein Lächeln. „Wir können aufbrechen, sobald Euer Gast bereit ist.“

„Das ist sie“, seufzte Larson und musterte die vier Freunde. Sie trugen mittlerweile wieder ihre feste Reisekleidung aus Leder und Leinen, und alle hatten einen Dolch im Gürtel.

„Ich sehe, ihr seid gerüstet“, stellte der König fest. „Ich vertraue euch Hralena an, meine Freunde. Passt gut auf sie auf!“

„Selbstverständlich“, nickte Sanna. „Aber ich fürchte, wir können nicht dafür garantieren, dass sie sich wohl fühlt.“

„Das kann ich auch nicht“, meinte Larson. „Wenn ihr sie mir heil zurückbringt, bin ich euch schon zu großem Dank verpflichtet.“

„Sollen wir sie wirklich zurückbringen?“, rief Art so laut, dass alle in der Nähe sich zu ihnen umwandten.

Einen Moment lang verfinsterte sich Larsons Miene, bevor er sich wieder zu einem Lächeln zwang. „Du musst an deinen Scherzen noch arbeiten, mein Freund“, sagte er nur kühl. „So, und nun wünsche ich euch eine gute Reise und Gottes Segen. Er möge seine Hand schützend über euch halten und euch unversehrt wieder nach Khormuth zurückgeleiten.“

„Danke schön“, sagte Sanna verlegen. Art schaffte es immer wieder, sie alle blöd dastehen zu lassen. „Auch Euch alles Gute. Ich hoffe, dass Ihr die Angelegenheiten im Norden regeln könnt.“

Auch die anderen verabschiedeten sich und gingen dann zu ihren Pferden. Jeans' schwarzer Hengst stand ruhig da und beobachtete sie aus funkelnden Augen.

„Jeans, Vorsicht!“, rief Art fröhlich und angelte nach den Zügeln seines grauen Wallachs. „Der Schwarze hat was vor!“

„Ich weiß“, knurrte sie nur und schwang sich vorsichtig in den Sattel. „Aber er wartet, bis er mir so richtig Ärger machen kann.“

„Das glaube ich einfach nicht“, meinte Sanna und streichelte ihrer nussbraunen Stute die Nüstern. Das Tier wieherte leise und stupste sie zärtlich. „Er ist halt ein bisschen temperamentvoller, das ist alles.“

„Er ist ein hinterhältiger Gaul – das ist alles“, berichtigte Jeans sie und zerrte grimmig an den Zügeln. Phillo hielt sich ein Stück von den Pferden entfernt, um sie nicht unnötig scheu zu machen.

„Dann gebt gut auf ihn Acht“, riet Richard ihr lachend. „Art, soll ich Euch helfen?“

„Nicht nötig“, rief Art und hangelte sich verbissen an einem Steigbügel empor. Wegen seiner geringen Körpergröße hatte er große Probleme, auf das Pferd zu steigen. Doch der Wallach hatte sich mittlerweile an die Kletterprozedur gewöhnt und hielt still.

„In Ordnung, alles aufsitzen!“, befahl Richard, und seine Männer stiegen ebenfalls auf. Er selbst ging zu Hralena und half ihr in den Sattel ihrer grauen Stute. Sie saß völlig sicher auf dem Ross und lenkte es mit ruhiger Hand hinter den Soldaten her, die den Zug anführten.

Larson sah ihnen winkend nach, während sie den Hof verließen und durch einen langen Bogengang aus der Burg ritten.

Sie ritten in flottem Tempo durch die Stadt. Obwohl man sie in der Stadt bei ihrem letzten Aufenthalt oft gesehen und sich an die seltsamen Fremden gewöhnt hatte, blieben doch die meisten Menschen stehen und sahen staunend den vier Freunden nach. Art genoss die Aufmerksamkeit, die sie mit ihrem exotischen Aussehen erregten, und blickte sich zufrieden grinsend nach allen Seiten um.

Er war auch der Einzige, der den Mann bemerkte, der aus dem Fenster einer Gaststätte finster zu ihnen herunterspähte. Von seinem rechten Wangenknochen zog sich eine grellrote Narbe bis zum Kinn hinunter, die in seinem dunklen Gesicht besonders auffiel. Art erwiderte neugierig seinen Blick, worauf sich der Beobachter schnell zurückzog. Aber Art hatte keine Zeit, über diese seltsame Begegnung nachzudenken, denn er musste sich beeilen, um nicht den Anschluss zu verlieren.

Sie trabten hinaus in die Felder, die sich rings um Khormuth erstreckten. Im Laufe des Nachmittags wurde die Landschaft immer wilder, und als die Sonne sich langsam dem westlichen Horizont näherte, folgten sie bereits einer Straße, die durch einen dichten Wald führte. Über ihnen zwitscherten die Vögel, und immer wieder nahmen Rehe und Hirsche, die am Wegesrand ästen, ängstlich vor dem Reitertrupp Reißaus.

Als es dämmerte, schlugen sie auf einer kleinen Lichtung an einem Bach neben dem Weg ihr Lager auf. Die Freunde sammelten Holz im Wald und hatten rasch ein kleines Lagerfeuer entzündet. Die Soldaten gingen mit ihren Kurzbogen auf die Jagd und kehrten schon eine halbe Stunde später mit einem erbeuteten Reh zurück. Richard würzte das Fleisch mit einigen Kräutern und Gewürzen aus seiner Satteltasche. Kaum war es finster und still im Wald geworden, brutzelte der Braten schon über dem Feuer und verströmte einen appetitanregenden Geruch.

„Wann werden wir denn ankommen, Richard?“, fragte Phillo und riss mit seinen messerscharfen Zähnen einen großen Brocken aus seinem Fleischstück.

„Morgen Mittag erreichen wir die Stadt Peruga“, erwiderte der Krieger nachdenklich. „Dieser Weg führt genau dorthin. Von dort geht es weiter nach Westen, etwa fünfzehn Meilen – wir sollten am Abend auf der Burg von Fürst Rovar eintreffen.“

„Gott sei Dank“, sagte Hralena leise. Sie aß ihr Fleisch mit spitzen Fingern und saß so, dass sie ihren Reisegefährten den Rücken zuwandte.

„Gefällt dir der Ausflug nicht?“, fragte Art unbekümmert. „Ist doch schön hier, oder nicht?“

„Wenn du mich schon ansprechen musst, so rede wenigstens in angemessenem Ton, du kleiner Affe!“, fauchte das Mädchen und fuhr herum. „Bei mir zu Hause hättest du ein Halsband und würdest zu meiner Belustigung tanzen!“

„Wir sind aber nicht bei dir zu Hause, mein Schatz“, flötete Jeans.

Hralenas Antwort war nur ein Flüstern. „Für diese Worte würdest du sterben, Khuzum.“ Sie wartete einen Moment. „Und eines Tages werde ich dafür sorgen, dass du ...“

„Dass sie *was*?“, donnerte Phillo, und seine Augen glühten gelb im Schatten des Lagerfeuers. „Ich denke, du solltest jetzt besser deinen Mund halten!“

Hralena erschrak vor dem bösen Leuchten in Phillos Augen und wurde bleich. „Ich werde ...“, fuhr sie dennoch trotzig fort.

„Vielleicht sollten wir jetzt schlafen“, unterbrach Richard sie ruhig. „Der Tag war anstrengend, und wir sind alle ein wenig gereizt.“

„Ich nicht“, widersprach Art unbekümmert. „Sagt mal, was ist denn das für eine Stadt, in die wir morgen kommen? Ist die auch so groß wie Khormuth?“

„Nein, bei weitem nicht“, erklärte einer der Soldaten. „Peruga ist die einzige große Stadt an der Küste Thebuls und deshalb ein wichtiger Handelsstützpunkt. Der ganze Warenverkehr zu den Ländern jenseits des Fallay-Meeres läuft über Peruga, und dazu noch ein Großteil des Handels mit unseren Nachbarländern.“

„Hört sich nett an“, meinte Sanna. „Vielleicht können wir uns ja dort ein wenig umsehen.“

Richard zuckte mit den Schultern. „Wenn ihr wollt, natürlich. Man bekommt dort schöne Stoffe, Gewürze und Schmuck, soweit ich weiß. Der König hat mir Gold für euch mitgegeben, damit ihr euch etwas kaufen könnt.“

„Taschengeld verjubeln“, krähte Art. „Genau das Richtige.“

„Na, dann nichts wie zum Shoppen!“, meinte Jeans. „Aber jetzt gehe ich schlafen. Dieses schwarze Mistvieh macht einen ganz fertig beim Reiten.“

Bis auf den Soldaten, der Wache hielt, kuschelten sich alle in ihre Decken und schliefen zufrieden ein. Nur Phillo lag noch ein wenig wach, weil er neben sich ein leises, unterdrücktes Schluchzen hörte. Brummend drehte er sich zur Seite. Jetzt tat es ihm Leid, dass er Hralena so angefahren hatte. Aber sie hatte es doch geradezu herausgefordert! Er beschloss, am nächsten Tag etwas netter zu ihr zu sein. Larson hatte wohl Recht gehabt. Sie musste sich sehr einsam fühlen, auf Reisen in einem fremden Land.

Einmal schreckte Phillo aus dem Schlaf hoch, weil ein Trupp Reiter auf der Straße an ihnen vorüberdonnerte. Verwirrt starrte er zu dem Wache haltenden Soldaten hinüber, der ebenfalls aufgeschreckt worden war und nun angestrengt die Straße beobachtete. Doch bald verhallte der Hufschlag in der Ferne, und er setzte sich wieder hin. Phillo ärgerte sich über sein übertriebenes Misstrauen.

Sie lagen direkt am Weg, der von Khormuth nach Süden führte. Da war es doch völlig normal, dass sie nicht die Einzigen waren, die diese Reise machten. Gähnend legte er sich wieder hin und schlief weiter.

3

Als die ersten Sonnenstrahlen durch das Blattwerk drangen, frühstückten sie rasch und ritten dann weiter. Hralenas Gesicht war eine steinerne Maske, sie schenkte den vier Freunden nicht einen einzigen Blick. Auch mit den Soldaten sprach sie nur das Nötigste und ritt ansonsten still dahin, eingehüllt in eine düstere Stimmung.

Bald wurde es so heiß, dass ihnen der Schweiß in Strömen hinablief. Im Laufe des Tages kamen sie durch verschiedene Dörfer, und immer wieder kreuzten andere Straßen ihren Weg. Bald begegneten sie dem ersten Fuhrwerk, und am späten Nachmittag wurde der Verkehr so dicht, dass sie bisweilen anhalten mussten, um zu warten, bis ein breiter Karren eine enge Stelle passiert hatte.

Schließlich erreichten sie eine kleine Anhöhe, von der aus sie auf Peruga hinabsehen konnten. Die Stadt war tatsächlich wesentlich kleiner als Khormuth, wirkte aber um einiges geschäftiger. In den engen Straßen herrschte ein hektisches Gewimmel, und die wütenden Rufe der Fuhrkutscher, die in der Menge feststeckten, waren selbst auf diese Entfernung zu hören.

Hinter der Stadt erstreckte sich eine breite Bucht. Das Wasser glitzerte blendend in der Nachmittagssonne, und eine kühle Brise wehte ihnen entgegen, die ein wenig nach Salz roch. Der Hafen von Peruga war nicht besonders groß, aber alle fünf Kais waren voll belegt, und auch außerhalb des Hafenbeckens lagen mehrere Dutzend Schiffe vor Anker. Da gab es bauchige Handelsschiffe, kleine Fischerboote und ein paar schlanke Galeeren, alle umschwärmt von winzigen Ruderbooten, die den Verkehr zwischen den ankernden Schiffen und dem Festland abwickelten.

„Wenn ihr wollt, können wir ein paar Stunden hier verbringen“, meinte Richard und wischte sich den Schweiß von der Stirn. „Es ist noch recht früh, und ich hätte auch nichts dagegen, eine kleine Pause in einer schattigen Taverne zu machen.“

„Also, ich hätte große Lust“, meinte Sanna und zupfte an ihrem verschwitzten Hemd, um etwas Luft hineinzulassen. „Vielleicht bekommt man da ja etwas Kühles zu trinken.“

„Mit Sicherheit“, nickte der Soldat. „Gut, dann sehen wir zu, dass wir uns etwas ausruhen. Und in drei Stunden reiten wir weiter, dann sollten wir noch vor Mitternacht auf Fürst Olars Burg ankommen.“

Voller Vorfreude trieben sie ihre Pferde zur Eile an, und nach wenigen Minuten erreichten sie das nördliche Stadttor. Hier wartete eine lange Schlange von Karren und Kutschen, an denen Richard einfach vorbeiritt. Die Torwächter sahen die Soldaten kommen und stellten sich ihnen in den Weg.

„Halt!“, rief einer der Wachen. „Wer seid Ihr?“

„Ich bin Richard von Argua, Gesandter des Königs von Thebul“, erwiderte Richard und deutete eine Verbeugung an. „Wir eskortieren Gäste des Königs nach Velhain zu Fürst Olar und möchten uns in Eurer Stadt ein wenig ausruhen.“

„Werdet Ihr von den Stadtvätern erwartet?“, fragte der Wächter und musterte stirnrunzelnd die Ankömmlinge. Sein Blick blieb natürlich an Sanna hängen, wie Jeans grimmig feststellte.

„Wir werden nicht erwartet“, meinte Richard. „Dies ist keine Gesandtschaft. Wir sind zu unserem Vergnügen hier.“

„Sollen wir den Rat von Eurer Ankunft unterrichten?“

Richard schüttelte den Kopf. „Nein, wir werden in wenigen Stunden wieder aufbrechen. Es würde sich nicht lohnen, Eure Stadtväter deshalb zu stören."

„In Ordnung", entschied der Wächter und gab seinen Männern ein Zeichen, den Weg freizumachen. „Ich wünsche Euch einen guten Aufenthalt. Doch vergesst nicht, dass die Tore bei Sonnenuntergang geschlossen werden. Wenn Ihr noch heute weiterziehen wollt, müsst Ihr vorher aufbrechen."

„Habt Dank für den Hinweis", erwiderte Richard. „Könntet Ihr uns noch eine Taverne empfehlen, in der erschöpfte Reisende einen kühlen Trank und ein gutes Mahl haben können, bevor sie weiterziehen?"

Der Wachmann dachte einen Augenblick nach. „An Eurer Stelle würde ich zum Schönen Gioan gehen", meinte er dann. „Seine Fischgerichte sind in ganz Peruga berühmt, und er ist einer der ehrlichsten Wirte der Stadt." Er deutete auf die Straße, die hinter dem Tor hinunterführte. „Reitet einfach bis zum Gänsemarkt und fragt dann weiter."

„Habt Dank", sagte Richard freundlich und schnalzte mit der Zunge. Sie ritten langsam durch das Gewimmel auf der Straße, die sie ins Innere der Stadt führte. Den vier Freunden fiel auf, dass die Menschen hier sie zwar ebenso verwundert anstarrten wie in Khormuth, doch wirkten sie wesentlich weniger verstört. Praktisch jeder in Khormuth wusste, welchem Volk sie angehörten, doch hatte noch keiner der Menschen dort jemals einen Khoganer oder eine Khuzum leibhaftig gesehen. Hier hingegen deuteten Väter mit dem Finger auf sie, um sie ihren Kindern zu zeigen. Anscheinend waren sie in dieser lebendigen Handelsstadt zwar immer noch etwas Besonderes, aber zumindest keine Fabelwesen mehr.

Sobald sie den Gänsemarkt erreicht hatten, steuerte Richard auf einen anderen Wachmann zu, der träge im

Schatten an einer Mauer lehnte und einen Apfel aß. Der Wächter erklärte ihm den weiteren Weg, und Richard führte sie durch ein Gewirr von kleinen Gassen, bis er vor einem Durchgang zu einem Hinterhof absaß. Über dem Tor hing ein Schild, auf dem nur ein Fisch und ein Weinglas abgebildet waren.

„Das hier muss es sein“, meinte er und streckte sich stöhnend. „Mein Gott, ich bin völlig nass geschwitzt. Ein bisschen Ruhe wird uns wahrlich gut tun.“

„Es ist wirklich wunderschön hier“, schwärmte Sanna, während sie ihre Pferde in den Hinterhof führten. „Habt ihr die vielen Händlerbuden an der Hauptstraße gesehen? Einige hatten ziemlich hübschen Schmuck.“

„Ihr habt doch bereits ein einzigartiges Stück, wenn ich mich nicht täusche“, meinte Richard und deutete auf Sannas Brust. Unter ihrem Hemd zeichnete sich der Anhänger deutlich ab.

„Schon, aber ich sehe das nicht als wirklichen Schmuck“, meinte Sanna schulterzuckend.

„Wieso nicht?“, fragte der Soldat verwundert.

Sanna biss sich auf die Lippen. Richard wusste ja gar nicht über ihre Herkunft Bescheid, und nach Ulriks Willen sollte das auch so bleiben. „Es ist ein altes Erbstück“, log sie hastig. „Irgendwie habe ich das Gefühl, es gehört gar nicht mir, sondern der Familie.“

„Ich verstehe“, erwiderte der Krieger schmunzelnd. „Dann könnt Ihr ja jetzt zusehen, ob Ihr nicht etwas findet, an dem weniger Bedeutung haftet.“

„Das werde ich“, sagte Sanna zufrieden.

Im vorderen Teil des Innenhofes standen bereits drei andere Pferde, die an einem Haken in der Nähe einer Tränke angebunden waren. Im hinteren Teil befand sich eine Terrasse, und an den Tischen dort saßen einige andere Gäste, die heiter plaudernd ihre Teller leerten oder auch nur einen Becher Wein tranken.

Die Pferde tauchten ihre Mäuler gierig in die Tränke, während sich die Neuankömmlinge an den Tischen niederließen. Ein etwa fünfzigjähriger Mann kam aus dem Inneren des Gasthauses und begrüßte sie mit einer tiefen Verbeugung. Sein langes, graues Haar war zu einem sorgfältigen Zopf gebunden, und in dem gebräunten Gesicht blitzten heiter seine lebhaften Augen.

„Seid mir gegrüßt, meine Herrschaften", sagte er. „Ich bin Gioan, der Wirt hier."

„Ich grüße Euch, Gioan", nickte Richard und ließ sich schwer seufzend auf einen Stuhl fallen. „Wir kommen von Khormuth und sind hungrig und durstig. Könnt Ihr uns helfen?"

„Das will ich meinen", meinte der Wirt lachend und fing an, die Gerichte des Tages aufzuzählen.

„Das war gut", stöhnte Jeans und goss sich noch einen Becher Wasser ein. „Ich habe noch nie so guten Fisch gegessen."

„Allerdings", nickte Phillo. „Zu Hause bekommt man so etwas nicht."

„Woher kommt ihr eigentlich?", fragte einer der Soldaten interessiert.

Die Freunde warfen einander ratlose Blicke zu. Es wurde wirklich Zeit, dass sie herausfanden, wer genau sie eigentlich waren.

„Ich muss sagen, mir ist es etwas zu kompliziert, das jetzt zu erklären", meinte Sanna schließlich ruhig. „Ein anderes Mal, wenn Ihr erlaubt."

„Natürlich", erwiderte der Mann schulterzuckend. „Wie Ihr wollt."

„Was habt ihr denn nun vor?", wechselte Richard das Thema.

„Hm", brummte Jeans und musterte heimlich Hralena, die sie verwirrt anstarrte. Was hatte dieses Mädchen nur? Irgendetwas schien sie an Jeans zu stören, aber es war Jeans einfach zu blöd, sie danach zu fragen. „Ich glaube, ich würde wirklich gerne ein bisschen bummeln gehen“, sagte sie. „Was meint ihr?“

„Ich auch“, antwortete Sanna, und Phillo zuckte gleichgültig die Achseln.

„Das ist mir zu langweilig“, nörgelte Art und trommelte mit den Fingern auf dem Tisch herum. „Ich will mir lieber den Hafen anschauen.“

„In Ordnung“, befand Richard. „Hralena, was gedenkt Ihr zu tun?“

„Ich werde hier warten“, gab das Mädchen schlecht gelaunt zurück.

Richard seufzte leise. „Gut, dann werden meine Männer auf Euch Acht geben. Ich begleite unsere Freunde.“

Schwerfällig erhoben sich alle von ihren Stühlen und gingen auf die Straße hinaus. Es dauerte eine Weile, bis sie sich so weit orientieren konnten, dass sie den Gänsemarkt fanden.

„Gut“, verkündete Art aufgekratzt, „ich gehe dann zum Hafen. Bis nachher.“

„Moment mal!“ Sanna packte ihn am Arm. „Du kannst doch nicht alleine gehen.“

„Wieso nicht?“, fragte Art verblüfft. „Ich finde den Weg schon.“

„Darum geht es nicht“, erklärte Phillo. „Es ist ein bisschen riskant, oder nicht? Richard, was meint Ihr?“

Der Soldat zuckte die Schultern. „Eigentlich nicht“, meinte er nachdenklich. „Peruga ist eine sichere Stadt. Wenn er sich nicht gerade auf eine Schlägerei einlässt, wird ihm nichts geschehen.“

„Na bitte“, triumphierte Art. „Dann also bis nachher.“

„Einen Moment“, meinte Richard und kramte aus einer Tasche an seinem Gürtel einen kleinen Lederbeutel hervor. „Hier hast du etwas Geld, für alle Fälle. Aber hüte dich vor Taschendieben. Und sei bitte in einer Stunde bei der Taverne, damit wir aufbrechen können."

„Werde ich, danke", rief Art und flitzte davon.

Während die anderen sich staunend den Auslagen der verschiedenen Stände widmeten, rannte Art aufgeregt die Straße hinunter, die zum Hafen führte. Schiffe hatten ihn schon immer begeistert, und dieser altertümliche Hafen machte ihn besonders neugierig. Nach wenigen Minuten hatte er die Kais erreicht und betrachtete die bauchigen Handelsschiffe, die hier vertäut lagen. Schwitzende Arbeiter schleppten schwere Säcke oder rollten Fässer umher, während in den Masten Matrosen mit Reparaturen beschäftigt waren.

Vor lauter Staunen vergaß Art völlig die Zeit. Nach einer Weile blieb er vor einem Schiff stehen, das unter den dicken Frachtern deutlich herausstach. Es war ein schnittig wirkender Zweimaster. Davor dümpelten zwei Ruderboote im Wasser, von denen dicke Taue zum Bug des Schiffes führten. In den Booten saßen mehrere bullige Männer, die offenbar darauf warteten, den Segler aus dem Hafen zu ziehen.

Auf dem Achterdeck war nur ein einzelner, dunkelhäutiger Mann in edlen Kleidern zu sehen, der angestrengt in Richtung der Hauptstraße über die Menge der emsigen Arbeiter hinwegblickte. Über seine rechte Wange zog sich eine lange, rote Narbe.

Irgendwie kam Art das Gesicht des Mannes bekannt vor, aber es fiel ihm nicht ein, woher. Noch während er grübelte, regte sich der Fremde. Er richtete sich auf und kniff die Augen zusammen, um in dem gleißenden Sonnenlicht besser sehen zu können. Dann drehte er sich um und rief einen Befehl, worauf die Männer in den Booten ihre Riemen packten.

Neugierig spähte Art in dieselbe Richtung, in die der Mann Ausschau gehalten hatte. Dort bahnten sich sechs Männer in schwarzen Gewändern ihren Weg durch die Menge der Arbeiter und Matrosen. Sie sahen sich immer wieder nervös um, als fürchteten sie, verfolgt zu werden. Art keuchte überrascht, als er die junge Frau erkannte, die in ihrer Mitte ging. Es war Hralena.

Ihre Gesichtszüge schienen starr vor Angst; sie sah immer wieder furchtsam zu den Männern auf, die sie an beiden Oberarmen gepackt hatten. Blitzschnell huschte Art hinter einen Kistenstapel, um nicht entdeckt zu werden. Was war nur geschehen? Diese Kerle wollten Hralena offensichtlich entführen. Was hatten sie mit den beiden Soldaten gemacht, die auf das Mädchen aufpassen sollten? Dann sah Art die Schwerter an den Gürteln der Männer, und ihm kam ein grausiger Verdacht. Jetzt fiel ihm auch wieder ein, woher er den Mann auf dem Schiff kannte. Er hatte ihn am Tag zuvor gesehen, als sie durch Khormuth geritten waren. Der Kerl hatte sie vom Fenster einer Gaststätte aus beobachtet. Offenbar war er ihnen schon seit gestern auf den Fersen.

Er musste etwas unternehmen! Gehetzt sah er sich um. Hinter ihm ging gerade ein kleiner Junge in zerlumpter Kleidung vorbei, der sich mit einer Kiste Obst abschleppte und ihn staunend musterte. Einer plötzlichen Eingebung folgend, winkte Art ihn zu sich her. Misstrauisch näherte sich der Junge, und Art kramte in dem Lederbeutel herum, den er von Richard hatte.

„Du bist ein Lherram, stimmt's?", fragte der Knabe vorsichtig.

„Richtig", erwiderte Art und warf den Männern bei Hralena einen raschen Blick zu. „Pass auf, ich habe einen Job für dich. Du musst ein paar Freunde von mir suchen."

„Ich habe von keinem anderen Lherram in Peruga

gehört“, erwiderte der Junge langsam. „Das heißt, letztes Jahr waren wohl ein paar hier. Aber ich kann ...“

„Sei ruhig und hör zu. Du musst zu einer Taverne gehen, die dem Dings gehört – na, verdammt! – dem Schönen Gioan. Da wirst du einen Khoganer, eine Elhaîn und eine Khuzum treffen. Sag ihnen, dass Hralena entführt worden ist, auf einem Zweimaster.“

„Wer ist denn Hralena?“, fragte der Junge erstaunt.

„Das brauchst du nicht zu wissen. Jetzt geh schon“, drängte Art ihn. „Hier, das ist für dich, und du kriegst noch eine, wenn du meine Freunde gefunden hast.“ Er reichte dem Jungen eine kleine Goldmünze.

„Danke!“, rief der Knabe völlig verdattert und starrte auf die Münze in seiner Hand. „Ich finde sie bestimmt“, versicherte er. „Sollen sie herkommen?“

„Natürlich“, rief Art, genervt von solcher Begriffsstutzigkeit. „Und jetzt mach schon!“

Ohne ein weiteres Wort stellte der Junge seine Obstkiste auf den Boden und rannte davon. Beinahe wäre er mit den sechs Männern zusammengeprallt, die nun das Schiff erreicht hatten und Hralena eilig die Fallreep hinaufstießen. Sie waren noch nicht an Bord, als schon Matrosen die Leinen des Schiffes lösten und die Männer in den Ruderbooten sich in die Riemen legten. Die Taue strafften sich, und das Schiff setzte sich langsam in Bewegung.

Art musterte den Rumpf, der langsam an ihm vorbeiglitt. Dann fiel sein Blick auf eines der Taue, die das Heck am Kai festgehalten hatten. Es war noch nicht eingezogen worden, sondern schleifte hinter dem Schiff im Kielwasser. Ohne weiter nachzudenken, stürzte Art hinter seinem Kistenversteck hervor, nahm einen kurzen Anlauf und sprang. In seiner menschlichen Gestalt hätte er dieses Kunststück nie im Leben geschafft. Aber er war kein Mensch und als Lherram um einiges beweglicher als in seiner normalen Gestalt. Sicher schlossen sich seine Hände um das dicke Tau, schon pendelte er hinter dem Heck des Seglers über dem Wasser. Rasch zog er sich weiter nach oben, bis er die schmalen Fenster der Kajüte unter dem Achterdeck erreicht hatte. Vorsichtig lugte er hindurch. In dem kleinen Raum schien niemand zu sein. Leise schlüpfte er hinein und sah sich um.

Da standen ein bequem aussehendes Bett, ein Schreibtisch und ein breiter Schrank. Gegenüber von den Fenstern war eine niedrige Tür, die vermutlich nach oben auf das Deck führte. Noch während Art sich umsah, kamen schwere Schritte auf die Tür zu. Leise huschte er zu dem Schrank und öffnete ihn. Mehrere Frauenkleider hingen darin, eines prächtiger als das andere. Ihm fiel auf, dass zumindest eines davon so aussah wie das Kleid, in dem er Hralena das erste Mal gesehen hatte. Dann schlüpfte er zwischen die teuren Stoffe und zog die Schranktür vorsichtig zu, gerade noch rechtzeitig, bevor die Kabinentür aufgestoßen wurde und mehrere Personen eintraten.

„Hier werdet Ihr Euch während unserer Überfahrt aufhalten können, Hoheit“, erklärte eine tiefe Männerstimme. „Es ist nicht so prachtvoll, wie Ihr es gewohnt seid, aber ich kann Euch leider nichts Besseres bieten.“

„Warum tut Ihr mir das an?“, fragte Hralena mit zitternder Stimme. „Was soll das alles bedeuten?“

„Euer Land braucht Euch, Hoheit“, antwortete der Mann. „Mein Name ist Wessim al’Khitai, und ich bringe Euch im Auftrag von Fürst Mahoud nach Hause.“

„Wie kann Euer Herr es wagen, mich gegen meinen Willen festzuhalten?“, stieß Hralena trotzig hervor. Art war beeindruckt, denn obwohl Angst in ihrer Stimme lag, sprach sie voller Stolz. „Mein Vater wird ihn dafür vierteilen lassen.“

„Der Thron Eures Vaters ist in diesen schwierigen Zeiten unsicher geworden, Hoheit“, sagte der Mann mit gespieltem Bedauern. „Fürst Mahoud wird durch die Hochzeit mit Euch eine sichere Herrschaft errichten, zum Wohl des Landes.“

„Was?“, kreischte Hralena so hysterisch, dass Art sich fast verschluckt hätte. „Er will mich heiraten? Dieser ekelhafte Kriecher?“

„Ihr werdet ihn lieben lernen, Hoheit“, erwiderte der Mann mit einem boshaften Lachen. „Das rate ich Euch als Freund. Aber nun müsst Ihr mich entschuldigen, ich habe das Auslaufen des Schiffes zu überwachen. Man wird Euch bald etwas zu essen bringen, und dort im Schrank werdet Ihr angemessene Kleidung vorfinden.“

Nach diesen Worten entfernten sich seine Schritte, die Kabinentür klappte zu, und ein Riegel knarrte. Es herrschte Stille in dem Raum, bis auf das leise Gurgeln des Wassers unter den Fenstern. Hralena tappte unsicher zu dem Tisch, ließ sich auf den Stuhl sinken und fing an, leise zu schluchzen.

Art wollte sie trösten und drückte behutsam, die Schranktür auf. „Hallo!“, rief er leise, um Hralena nicht zu erschrecken.

Erstaunt sah Hralena auf und erhob sich langsam von ihrem Stuhl. „Du!“, wisperte sie. „Was machst du denn hier?“

„Ich wollte sehen, wie's dir geht“, erklärte Art fröhlich. „Ich habe zufällig mitbekommen, wie du entführt worden bist, da habe ich einem Jungen Geld gegeben, damit er meine Freunde alarmiert, und er hat sein Obst einfach stehen lassen, und ich bin gesprungen und habe das Tau erwischt, und dann bin ich in den Schrank gekrochen, weil ich den Kerl gehört habe, und jetzt bin ich da.“ Er holte tief Luft. „Wie fühlst du dich?“

*

„Was kostet denn das hier?", fragte Sanna und ließ die feine Silberkette bewundernd durch ihre Finger gleiten.

„Für eine so schöne junge Dame lasse ich mich dazu erweichen, sie Euch für eine halbe Mark zu geben", erklärte der Händler schmeichlerisch. „Aber Ihr solltet sie nehmen, bevor ich meinen Verstand wieder finde."

Sanna sah Richard an. „Ist das in Ordnung?", erkundigte sie sich.

Der Krieger schmunzelte. „Es ist nicht unbedingt zu teuer", meinte er. „Aber ich bin mir sicher, du bekommst ein solches Stück anderswo billiger."

„Ausgeschlossen", sagte der Händler kopfschüttelnd. „Vergesst nicht, dass dies echtes Mondsilber ist, durch und durch."

„Dann einigen wir uns auf vierzig Pfennige, und Ihr habt ein Geschäft gemacht", schlug Richard vor.

„Fünfundvierzig", gab der Händler zögernd nach. „Mein letztes Wort."

„Gemacht", entschied Richard, griff in seine Gürteltasche, zählte dem Mann zwei Goldviertel in die Hand und erhielt fünf Pfennige zurück, während Sanna sich die Kette umlegte.

„Sieht stark aus", meinte Jeans anerkennend. „Was ist jetzt, wollen wir noch mal zu dem Stand da drüben schauen? Der Typ hat so komische Steine, die ..." Sie hielt inne, als ein kleiner Junge in zerlumpten Kleidern angerannt kam und sich vor ihnen verbeugte. „Was willst du denn?"

„Ich habe eine Botschaft für Euch", keuchte der Junge, der völlig außer Atem war. „Von einem Lherram, unten am Hafen. Er lässt Euch sagen, dass Hralena entführt worden ist. Sie befindet sich auf einem Schiff, genauer gesagt auf einem Zweimaster."

„Was?", schrie Richard und packte den Knaben an der Schulter. „Was für ein Schiff?"

„Ich weiß nicht“, stieß der Junge eingeschüchtert hervor. „Es war nicht besonders groß, es hatte zwei Masten und ...“

„Hast du es gesehen?“

„Ja. Der Lherram hatte sich hinter ein paar Kisten versteckt und beobachtete das Schiff. Und dann hat er mir Geld gegeben, damit ich Euch diese Botschaft überbringe.“

„Du wirst uns das Schiff zeigen“, befahl Richard knapp und ließ den Jungen los. „Na los, beeile dich!“

Kaum hatte der Krieger den Jungen losgelassen, rannte der Knabe zum Hafen hinunter, gefolgt von Richard und den drei Freunden. Die Menschen auf der Straße machten ihnen widerstrebend Platz, und mehr als einmal rannte Richard einfach jemanden um, was jedes Mal eine wilde Schimpfkanonade und drohende Gesten bei den Betroffenen hervorrief.

Nach wenigen Minuten hatten sie den Hafen erreicht und suchten schnell den Pier ab. Der Botenjunge deutete auf ein schlankes Schiff mit zwei Masten, das gerade unter vollen Segeln auf das offene Meer hinaussteuerte.

„Da fährt es!“, rief der Knabe. „Das ist das Schiff!“

„Verflucht!“, brüllte Richard. „Was hat das zu bedeuten?“

Sanna wandte sich an den Knaben. „Wo ist der Lherram?“

„Euer Freund hockt bestimmt noch dort hinter den Kisten da hinten am Kai“, vermutete der Junge und zögerte einen Moment. „Er hat gesagt, Ihr würdet mir noch mal eine Mark geben, wenn ich Euch aufsuche.“

Wortlos fischte Richard eine Goldmünze aus seiner Tasche und warf sie ihm zu. „Du kommst mit“, sagte er und steuerte auf den Kistenstapel zu. „Und wo ist er jetzt?“, fragte er grimmig, sobald er einen Blick dahinter geworfen hatte.

„Ich weiß es nicht“, beteuerte der Junge und verscheuchte ein paar Ratten von der Obstkiste, bevor er sie wieder an sich brachte. „Vielleicht ist er mitgefahren.“

„Um Gottes willen“, stöhnte Jeans, und Phillo stieß ein Schnauben aus.

„Konntest du sehen, wer auf dem Schiff war?“, fragte Sanna ruhig.

Der Junge drehte einen Apfel in der Kiste so um, dass die angeknabberte Stelle nicht mehr zu sehen war. „Ein Mann in edlen Kleidern war auf dem Achterdeck“, meinte er langsam. „Er hatte eine schlimme Narbe auf der rechten Backe, und seine Haut war genauso dunkel wie die Eure.“

„Hast du Hralena gesehen?“, fragte Jeans, die ihre Fassung wiedergewonnen hatte. „Sie ist auch sehr dunkelhäutig, hat sehr langes, schwarzes Haar, und dunkle Augen und trägt ein hellblaues Kleid.“

„Ach, das war sie!“, rief der Junge. „Na klar, die kam mir mit sechs Männern entgegen, als ich zu Euch gelaufen bin. Die sind mir aufgefallen, weil sie auch alle so dunkel waren und Schwerter hatten.“

„Gott vergebe mir“, knirschte Richard. „Dann ist sie wirklich entführt worden. Ich muss den Rat der Alten bitten, uns zu helfen, und dann nach meinen Männern sehen.“

„Wir müssen hinterher!“, grollte Phillo.

„Allerdings“, nickte Jeans. „Werden uns die Stadtältesten ein Schiff geben, Richard?“

„Das hoffe ich“, erwiderte er. „Darum werde ich mich sofort kümmern. Ihr solltet euch ein wenig umhören. Vielleicht könnt ihr herausfinden, wohin die Entführer wollen. Denn ich habe wenig Hoffnung, dass wir losfahren können, bevor sie am Horizont verschwunden sind.“ Er sah sehnsüchtig auf das Meer hinaus, wo die Silhouette des Zweimasters immer kleiner wurde.

„Gut, machen wir“, sagte Jeans. „Ihr werdet uns hier wieder finden.“

Der Soldat nickte dankbar und eilte davon.

„Na gut“, meinte Sanna. „Dann klappern wir mal den Hafen ab.“

„Ihr solltet die Männer fragen, die dort zurückkommen“, schlug der Junge vor und deutete auf zwei Ruderboote, die gerade am Kai neben ihnen anlegten. „Sie haben das Schiff aus dem Hafen gelotst.“

„Danke für den Tipp“, antwortete Jeans, und die drei Freunde gingen zu den muskulösen Ruderern hinüber, die sich gerade erschöpft auf dem Kai niederließen und verschnauften.

„Hallo“, begrüßte Phillo die Männer. „Dürfen wir euch eine Frage stellen?“

„Ein Khoganer“, brummte einer. „Was verschlägt Euch denn in unsere schöne Stadt?“

„Ihr habt doch gerade einen Zweimaster aus dem Hafen gezogen, oder?“, begann Jeans, und die Männer nickten. „Wisst Ihr, wohin er fährt?“

„Ihr seid eine merkwürdige Versammlung“, brummte ein anderer. „Seit wann reisen Wesen eurer Völker so weit?“

„Bitte“, mischte sich Sanna ein und blickte die Ruderer flehentlich an. „Wir müssen es wissen.“

Sofort wurden die Mienen wesentlich freundlicher. „Wenn ich mich nicht täusche, haben die Kerle davon gesprochen, dass sie nach Bardalar wollten“, sagte ein älterer Mann lächelnd. „Sie hatten es furchtbar eilig. Wir haben einen halben Tag vor ihnen gelegen und darauf gewartet, dass wir sie losmachen. Und dann haben sie eine junge Frau an Bord gebracht, und wir mussten rudern wie die Teufel.“ Er runzelte die Stirn. „Aber dieser Kerl mit der Narbe hat ordentlich gezahlt, da dürfen wir uns nicht beschweren.“

„Wo ist denn dieses Bardalar?“, fragte Jeans genervt. Es war wirklich erstaunlich, welche Wirkung Sannas Schönheit manchmal hatte!

„Das ist eine Stadt im Osten, gleich vor der Oagul-Wüste“, brummte der Mann. „Es fahren nur selten Schiffe in diese Richtung.“

„Wisst Ihr, ob nicht trotzdem demnächst ein anderes Schiff nach Bardalar geht?“, fragte Phillo hoffnungsvoll.

Der Mann schüttelte den Kopf. „Gestern erst ist die *Pechvogel* nach Bardalar aufgebrochen, aber in den nächsten Tagen ...“

„Das stimmt nicht“, unterbrach ihn der kleine Junge aufgeregt. „Der Schiffer wurde vor zwei Tagen bei einer Prügelei verletzt, und sie konnten nicht aufbrechen. Deshalb liegt die *Pechvogel* noch im Hafen vor Anker.“

„Das habe ich auch gehört“, bestätigte ein anderer Mann. „Ihr solltet mal im Hospital nachsehen, ob Ihr den Schiffer findet. Er heißt Liv Prankmer. Ihr erkennt ihn an seiner Glatze und den Segelohren. Und er hat einen besonders scheußlichen Köter, der nie von seiner Seite weicht.“

„Danke“, rief Sanna. „Na los, kommt. Vielleicht finden wir ihn noch. Wie kommt man zum Hospital?“

„Ihr geht die Straße zum Gänsemarkt hoch und an der zweiten Straße nach rechts. Es ist ein Steinhaus mit großem Tor, etwa hundert Schritte nachdem ihr abgebogen seid.“

„In Ordnung, finden wir“, sagte Jeans. „Und noch mal danke.“

Sie rannten los, zwischen Lastenträgern und Matrosen hindurch, die Straße zum Gänsemarkt hinauf. Phillo eilte ihnen mit langen Sätzen voran. An der zweiten Straße bog er rechts ab und stieß voll mit einem kleinen, dickbäuchigen Mann zusammen. Mit einem Schrei fiel er um, und Phillo stürzte der Länge nach über ihn.

„Verflucht, passt auf, wo Ihr hinrennt, Khoganer!“, brüllte der Mann wütend und rappelte sich wieder auf. Ein struppiger Köter sprang um die beiden herum.

„Es tut mir Leid“, sagte Phillo, und seine Augen glühten gelb auf. „Ich habe Euch nicht gesehen.“

„Dann sperrt Eure Augen das nächste Mal weiter auf!“, grollte der dicke Mann und rieb sich die braun gebrannte Glatze. Über seine linke Augenbraue zog sich eine frisch genähte Wunde. „Still, Racro! Halt die Schnauze!“

Jeans musterte die abstehenden Ohren des Mannes. „Moment mal“, sagte sie. „Kann es sein, dass Ihr Liv Prankmer seid?“

„Und wenn dem so wäre?“, brummte der Mann misstrauisch.

„Wir müssen nach Bardalar“, sagte Jeans. „Dort wollt Ihr doch auch hin, oder?“

„Das ist richtig“, bestätigte der Glatzkopf. „Ich bin in der Tat Liv Prankmer. Doch verratet mir nun auch, wer ihr seid.“

„Ich bin Jeans, das ist Sanna, und der Khoganer hier ist Phillo. Wir sind sehr erfreut, Euch zu treffen.“

„Wie schön. Und Ihr wollt eine Passage nach Bardalar buchen?“

„Genau. Wann fahrt Ihr denn?“

„Jetzt“, erklärte der Schiffer bestimmt. „Wenn Ihr mitwollt, werdet Ihr mich begleiten müssen. Ich habe es eilig.“

„Aber wir müssen Richard mitnehmen“, wandte Phillo ein. „Es hat keinen Sinn, wenn wir alleine fahren.“

„Könntet Ihr nicht noch eine Stunde warten?“, bat Sanna. „Ein Freund von uns ist noch in der Stadt unterwegs, und wir müssen auf ihn warten.“

Prankmer schüttelte den Kopf. „Wenn Ihr wirklich mitwollt, werdet Ihr Euch sofort entscheiden müssen.“

„Herrgott, Ihr werdet doch eine Stunde warten können“, schnaubte Phillo genervt. „Was kann das denn für einen Unterschied machen?“

„Überhaupt keinen“, gab der Schiffer unbeeindruckt zurück. „Aber ich bleibe keine Stunde länger in dieser stinkenden Stadt. Fahrt Ihr nun mit oder nicht?“

Die Freunde sahen sich an. „Was soll's?“, meinte Jeans schulterzuckend. „Wir können Richard ja eine Nachricht hinterlassen, dass wir schon los sind. Er soll halt nachkommen, sobald er kann. Immerhin ist Art unser Freund.“

„Es reicht ja, wenn wir herausfinden, wo diese Typen ihn und Hralena hingebracht haben“, überlegte Sanna. „Und in Bardalar warten wir auf ihn.“

„Okay“, schloss Phillo. „Dann fahren wir mit euch, Prankmer.“

„Gut“, nickte der Schiffer. „Die Passage kostet euch zwanzig Mark pro Kopf, im Voraus.“

Sanna öffnete den Lederbeutel, den Richard ihnen gegeben hatte. „Das ist eine Mark, ja?“, fragte sie die anderen halblaut und fischte eine Goldmünze heraus. Jeans nickte, und alle fingen an, Geld abzuzählen.

Prankmer nahm die Münzen wortlos entgegen, zählte sie noch einmal und ließ sie dann in seinen eigenen Geldbeutel gleiten. „In Ordnung“, sagte er zufrieden. „Kommt mit. Mein Boot wartet.“

Sie folgten dem dicken Seemann zum Hafen. Jeans sprach im Vorbeigehen einen Knaben an, der einen schweren Weinkrug schleppte, und holte eine Goldmark hervor. Die drei Freunde erklärten dem verwirrten Jungen, wie Richard aussah und was er ihm sagen sollte.

„Wir warten in Bardalar auf ihn, verstanden?“, schloss Sanna. „Und wenn du ihm das gesagt hast, wird er dir noch eine Mark geben.“

„Ich werde ihn finden", versprach der Junge, der seinen Blick nicht von der Goldmünze lösen konnte.

„Gut", nickte Jeans. „Dann beeile dich."

Sobald der Knabe davongerannt war, gingen sie weiter. Prankmer hatte die Szene aufmerksam verfolgt. „Ihr seid recht großzügig", bemerkte er. „Der Junge hätte das auch für einen Pfennig getan."

„So gibt er sich mehr Mühe", entgegnete Jeans schulterzuckend. Sie hatte keine Lust, dem Mann einzugestehen, wie wenig sie über die Landessitten wussten.

Am Kai warteten vier Matrosen mit einem langen Ruderboot, die ihren Kapitän mit einem Nicken begrüßten.

„Wir nehmen noch ein paar Passagiere mit", informierte sie Prankmer und stieg ein, gefolgt von den neuen Passagieren.

Die Männer legten sich in die Riemen, und das Boot glitt über das ruhige Wasser des Hafenbeckens hinaus auf die offene See. Hier ankerten in einigem Abstand zu den Wellenbrechern die Schiffe derjenigen, die es sich nicht leisten konnten, die Hafengebühren für die gesamte Dauer ihres Aufenthalts zu zahlen.

Schließlich legten sie längsseits an einem bauchigen Einmaster an, der einen abgehalfterten Eindruck machte. Der Rumpf war unter der Wasserlinie mit einer dicken Schicht Muscheln überzogen, das Tauwerk wirkte schon ziemlich zerschlissen, und die Lettern des Wortes *Pechvogel* am Bug waren kaum noch zu erkennen.

Neugierig sahen sich die drei Freunde um, als sie die Strickleiter hinaufgeklettert waren und an Deck standen. Prankmer gab sofort den Befehl, den Anker einzuholen und die Segel zu setzen. Die Mannschaft erledigte ihre Arbeit ruhig und gelassen, und schon bald glitt das Schiff über die Wellen nach Süden.

Die Freunde standen an der Reling und blickten auf den Hafen von Peruga zurück.

„Ich bin mal gespannt, wann Richard nachkommt“, meinte Sanna. „Hoffentlich dauert es nicht zu lange.“

„Hoffentlich finden wir Art“, erwiderte Jeans. „Alles Weitere wird sich schon ergeben.“

„Da hast du Recht“, nickte Phillo. „Wenn wir erst einmal wissen, wohin diese Kerle ihn und Hralena ...“ Er stockte, als sich eine schwere Hand auf seine Schulter legte, und sah sich um.

„Ich grüße dich, mein Bruder“, sagte das schwarz geschuppte Wesen hinter ihm. Sein Grinsen entblößte eine Reihe messerscharfer Zähne. „Was bringt dich auf die *Pechvogel*?“

„Ach, du liebes bisschen“, stieß Jeans hervor. „Noch einer von dieser Sorte.“

4

„Ich verstehe immer noch nicht, warum du auf das Schiff geklettert bist“, sagte Hralena stirnrunzelnd. Sie hatte ihre Haare gelöst und war gerade dabei, sich einen neuen Zopf zu binden.

Art sah sie verwirrt an. „Ich habe keine Ahnung“, meinte er schließlich. „Weil wir Larson versprochen haben, auf dich aufzupassen.“

Hralenas schwarze Augen bekamen einen weichen Glanz. „Du bist ein lieber kleiner Affe“, sagte sie freundlich. „Ich danke dir.“

„Ich bin kein Affe, du dumme Kuh!“, schnaubte Art genervt, und Hralenas Gesicht wurde sofort wieder düster.

„Dann eben nicht“, erwiderte sie und holte tief Luft. „Was machen wir jetzt?“

„Wir werden warten müssen, bis wir angekommen sind. In deiner Heimat, wo auch immer das ist.“

„Ich komme aus Juwar“, erklärte sie. „Das ist ein Land an der Südostküste des Fallay-Meeres, das wir gerade befahren.“

„Und wer ist dieser Fürst Mahoud, den du heiraten sollst?“

Hralena stiegen die Tränen in die Augen. „Dieser Hundesohn hat es offensichtlich auf den Thron meines Vaters abgesehen.“

„Dein Vater ist der König des Landes?“, staunte Art. „Und du bist eine Prinzessin?“

Sie nickte und wischte sich wütend mit dem Ärmel ihres Kleides über die Augen. „Mein Vater hat Probleme, seit meine Mutter gestorben ist. Er weigert sich standhaft, eine andere Frau zu nehmen, die ihm einen Thronfolger schenkt. Deshalb wäre mein Ehemann zugleich auch der nächste König. Nur sind die einflussreichen Familien Juwars so zerstritten, dass nach dem Tod meines Vaters ein Bürgerkrieg ausbrechen könnte. Die einzige Möglichkeit wäre, dass ich einen Mann heirate, der genug Macht hat, um den Frieden zu sichern."

„Und wer sollte das sein?", erkundigte sich Art.

„Die jungen Männer der hohen Familien hält mein Vater allesamt für unfähig, das Land zusammenzuhalten", sagte Hralena. „Deswegen bat er den Kaiser, ihm den Herrscher eines anderen mächtigen Landes als meinen Gatten zu vermitteln, der in Juwar für Frieden sorgen könnte. Der Kaiser wählte den König von Thebul aus."

„Was?", rief Art entgeistert. „Du solltest Larson heiraten?"

Hralena nickte, und Tränen kullerten über ihre Wangen. „Larson stellte zur Bedingung, dass ich erst einmal einen Besuch in Thebul machen sollte, damit wir uns kennen lernen." Sie verbarg das Gesicht in den Händen. „Ich fürchte, ich habe keinen allzu guten Eindruck gemacht. Mein Vater wird sich für mich schämen."

„Äh, ich glaube schon, dass er dich mag", log Art unbekümmert und schreckte hoch, als Schritte auf dem Gang vor der Tür zu hören waren.

„Du musst verschwinden", drängte Hralena und scheuchte ihn in Richtung des Schrankes. Art wühlte sich hektisch durch die Kleider, und sie schloss hinter ihm ab, bevor es an der Tür klopfte und jemand eintrat.

„Ich bringe Euch etwas zu essen, Hoheit", brummte mürrisch eine tiefe Männerstimme.

„Stelle es auf den Tisch und verschwinde!", sagte Hralena verächtlich. Geschirr klapperte, und der Mann ging wortlos wieder hinaus. Sobald sich seine Schritte entfernt hatten, befreite das Mädchen Art wieder aus dem Schrank.

„Das ist vielleicht muffig da drin“, maulte er. Dann fiel sein Blick auf das Tablett und die Speisen darauf, und seine Stimmung besserte sich sofort wieder. „Wenigstens wissen sie, was man einer königlichen Gefangenen schuldig ist“, stellte er fest und nahm sich einen Hühnerschenkel, ohne Hralenas Aufforderung abzuwarten.

Die nächsten drei Tage über blieben Art und Hralena in der Kabine eingesperrt. Nach seinem ersten Besuch zeigte Wessim al'Khitai sein vernarbtes Gesicht nicht mehr. Nur ein Matrose kam dreimal am Tag, um Essen und Waschwasser zu bringen. Dann schlüpfte Art jedes Mal in den Schrank und ließ sich von Hralena einsperren. Immerhin waren die Entführer so um Hralenas Wohl besorgt, dass nach kurzer Zeit die Mahlzeiten üppiger wurden, waren ihre Teller doch jedes Mal bis auf den letzten Rest leer geputzt.

Offensichtlich kam niemand auf die Idee, dass sich an den Speisen vielleicht zwei Personen bedienten. Art dankte dem Himmel, als sie feststellten, dass die Kabine sogar mit einem eigenen Abtritt ausgestattet war, sodass ihm eine peinliche Verlegenheit erspart blieb. Nachdem Hralena erbittert dagegen protestierte, dass er mit ihr in einem Bett schlief, legte er sich zuerst unter das Bett. Dann wartete er, bis sie eingeschlafen war, und kuschelte sich zu ihren Füßen zusammen. Wenn morgens das Frühstück gebracht wurde, schlüpfte er schnell in den Schrank, und Hralena bemerkte nie, dass sie doch das Bett mit dem „Affen“ geteilt hatte.

Sie sprachen nicht besonders viel miteinander, da Hralena lieber am Fenster saß und trübselig auf das Wasser hinausstarrte. Zuerst war Art enttäuscht darüber, doch nach einiger Zeit erinnerte er sich daran, dass er im Gespräch mit ihr wahrscheinlich irgendwann verraten hätte, wo er und seine Freunde tatsächlich herkamen. Und das wäre für Hralena mit Sicherheit zu viel des Guten gewesen.

Am Mittag des dritten Tages konnten sie von ihren Fenstern aus den flachen Küstenstreifen sehen, an dem sie entlangfuhren, und mehrere kleine Fischerboote mit dreieckigen, bunten Segeln, die ihren Weg kreuzten. Gegen Abend hörten sie, wie an Deck laute Kommandos gebrüllt wurden, und das Schiff wurde langsamer. Eine Weile dümpelte der Segler auf der Stelle, dann wurde das Schiff von Ruderern in einen Hafen geschleppt, dessen Kaimauern von großen Feuern angeleuchtet wurden.

Nach kurzer Zeit legten sie an, und Art versteckte sich rasch wieder. Diesmal glitt er unter das Bett, da der Schrank jetzt vielleicht ausgeräumt werden würde. Ein paar Minuten später trat Wessim ein und verbeugte sich vor Hralena.

„Ich hoffe, Ihr hattet eine gute Reise, Hoheit“, sagte er höflich.

„Da Ihr Euch gar so reizend um mich gekümmert habt, wurde mir die Zeit nie lang“, schnaubte Hralena.

„Wir werden noch heute Abend weiterreisen, um möglichst schnell zu Fürst Mahouds Festung zu gelangen“, erklärte Wessim, ohne auf ihre Bemerkung einzugehen. „Ich bitte Euch, ein geeignetes Gewand für den Ritt anzulegen. Wir brechen in einer halben Stunde auf.“ Mit einer weiteren Verbeugung verließ er die Kabine und schloss hinter sich ab.

„Der hat’s ja ziemlich eilig“, stellte Art fest, kroch unter dem Bett hervor, kletterte auf den Tisch und spähte aus dem Fenster. „Na gut, dann werde ich jetzt mal verschwinden.“

„Was hast du vor?“, fragte Hralena verwirrt.

„Ich werde an Land schwimmen und mich ein bisschen umschauen“, erklärte Art. „Wenn sie dich wegbringen, werde ich ihnen folgen und versuchen, dich irgendwie zu befreien.“

„Und wie willst du das anstellen?“, erkundigte sich Hralena müde.

Mit einem fröhlichen Schulterzucken sah Art sie an. „Keine Ahnung“, meinte er nur, kletterte auf den Tisch und sprang durch das Fenster hinaus.

Als das dunkle Wasser des Hafenbeckens über ihm zusammenschlug, dachte er zum ersten Mal seit langem wieder daran, dass er Angst haben müsste. In seiner Welt, in seinem Körper, wäre er mit Sicherheit in diesem Augenblick fast gestorben vor Furcht. Einmal nur war er mit ein paar anderen Leuten nachts baden gegangen, in einem kleinen Weiher am Stadtrand. Das dunkle Wasser hatte ihn geradezu in Panik versetzt, und er war so schnell wie möglich wieder an Land geschwommen, während die anderen sich brüllend vor Lachen abwechselnd von der Badeinsel ins Wasser gestoßen hatten. Aber in diesem pelzigen Körper hatte er einfach nie Angst, egal was geschah. Natürlich machte er sich Sorgen, meistens um andere, doch Angst, dieses unangenehme Gefühl in der Magengegend, kannte er nur aus der Erinnerung.

Mit kräftigen Zügen schwamm er an den Rand des Kais und suchte nach einer Stelle, an der er aus dem Wasser steigen konnte. Bald fand er eine schmale Treppe zwischen den Fischerbooten, die dort wie auf einem Parkplatz nebeneinander vertäut waren. Die Stufen waren glitschig von Algenwuchs, und um ein Haar wäre er ausgerutscht.

Vorsichtig spähte er über den Rand des Kais und sah sich um. Neben dem Schiff standen mehrere Männer in wallenden weißen Gewändern, die ihn an die Kleidung von Arabern erinnerten. Sie trugen gebogene Schwerter in ihren Gürteln und unterhielten sich leise. Zwei von ihnen hielten Fackeln in den Händen, wie Art zufrieden feststellte. Er selbst befand sich im Schatten, und die Kerle waren von dem Licht sicherlich so geblendet, dass sie ihn bestimmt nicht sehen würden.

Um sie herum eilten Männer mit bloßen Oberkörpern hin und her, die über zwei Planken eine gewaltige Menge Holzkisten, Stoffballen und Säcke an Land brachten. Offenbar sollte diese Fahrt wie eine ganz normale Handelsreise aussehen.

Auf der anderen Seite des Kais erhob sich eine gewaltige Mauer mit einem riesigen Tor. Zu beiden Seiten standen Wachen, ebenfalls in weißen, wallenden Kleidern. Sie hielten lange Hellebarden in den Händen und musterten gelangweilt die Männer am Schiff.

Zwei Männer führten eine lange Eselskarawane durch das Tor. Die Lastenträger machten sich sofort daran, die Waren auf den Rücken der Tiere festzuzurren. Noch während die Ladung verstaut wurde, schritt Wessim in einem schwarzen Gewand über die Planken und sah sich prüfend um.

Für einen Moment blieb sein Blick an einem besonders großen Sack haften, der quer über dem Rücken eines Esels festgeschnürt war. Art hätte seinen Hintern darauf verwettet, dass sich Hralena darin befand. Vermutlich war sie betäubt worden, sodass sie sich nicht wehren konnte.

Langsam musste er sich nach einer Möglichkeit umsehen, ihr heimlich zu folgen. Suchend blickte er um sich. Dabei fiel sein Blick auf einen Teppich, der noch nicht verstaut war. Im Inneren der Rolle würde er leicht Platz haben. Während er sich noch überlegte, wie er ungesehen hineinschlüpfen konnte, waren jenseits des Tores Pferdehufe zu hören, und ein Reitertrupp preschte heran. Alle Hafenarbeiter unterbrachen für einen Moment ihre Tätigkeit und musterten die Neuankömmlinge.

Blitzschnell huschte Art zu dem Teppich hinüber und zwängte sich hinein. Kein normaler Mensch hätte darin Platz gefunden, doch seine schmalen Lherram-Schultern passten gerade hinein. Kaum waren auch seine Füße in der Rolle verschwunden, als der Teppich hochgehoben und mit Schwung über einen Eselsrücken geworfen wurde. Der Aufprall nahm Art für einen Augenblick den Atem, und er stöhnte auf. Zum Glück schrie der Esel so laut seinen Protest gegen die schwere Last hinaus, dass kein Mensch Art hörte. Dann wurde das Bündel auf beiden Seiten verschnürt, und Art begann zu überlegen, ob seine Idee tatsächlich so schlau gewesen war. Jetzt hatte er keine Chance mehr, aus eigener Kraft diesem Stoffgefängnis zu entkommen. So konzentrierte er sich ganz darauf, was um ihn herum gesprochen wurde.

„Ich grüße Euch, Wessim“, hörte er eine ihm fremde Stimme sagen. „Ist alles nach Plan verlaufen. War Eure Reise erfolgreich?“

„Wir haben das Gewünschte bei uns“, erwiderte Wessim lachend. „Der Allmächtige, sein Name sei gesegnet, war auf unserer Seite. Fürst Mahoud wird zufrieden sein.“

„Dann wollen wir nicht länger warten. Wenn Ihr bereit seid, brechen wir auf.“

Unter lautem Geschrei und Gefluche wurden die Esel wieder in eine Reihe getrieben, und der Zug setzte sich in Bewegung. Noch eine Weile lauschte Art dem Geschehen um sich herum, doch schließlich konnte er nicht mehr gegen seine Müdigkeit ankämpfen. Sanft wurde er vom gleichmäßigen Trab des Esels in den Schlaf gewiegt.

„Mein Name ist Phillo“, stellte sich Phillo mühsam vor. Er starrte den Khoganer entgeistert an. Sie hatten oft miteinander darüber gesprochen, wie es wäre, wenn sie einem Angehörigen ihrer Rassen gegenüberstünden. Doch hatte er nicht geglaubt, dass es tatsächlich so ein Schock sein würde.

„Ein seltsamer Name“, meinte der Khoganer. „Ich bin Zhisstar von Largosh. Woher stammst du?“

„Ich weiß es nicht mehr“, entgegnete Phillo ausweichend. „Ich habe mein Gedächtnis verloren. Das Letzte, an das ich mich erinnere, ist, dass ich in Thebul aufgewacht bin.“

Ein Grinsen erschien in Zhisstars Gesicht. „Auch ein Söldner geworden, wie? Na gut, ich muss nicht wissen, was dich aus der Höhle deiner Mutter vertrieben hat, ebenso wenig wie du meine Vergangenheit kennen musst. Ich freue mich jedenfalls, endlich mal wieder ein vertrautes Gesicht zu sehen.“

Jeans prustete los, und auch Sanna konnte ein Lächeln nicht unterdrücken. „Das hört sich wirklich ein wenig seltsam an“, sagte sie freundlich. „Ich bin Sanna, und das ist Jeans.“

„Ihr seid ebenfalls weit weg von der Heimat, Elhaîn“, erwiderte Zhisstar. „Und ich habe noch nie davon gehört, dass eine Eures Volkes gemeinsam mit einem Khoganer reist.“

„Wir haben dasselbe Schicksal“, bemerkte Phillo. „Auch meine Freunde sind auf der Suche nach ihrer Vergangenheit.“

„Und die sucht ihr in Bardalar?“

„Nein, da suchen wir den Vierten in unserem Bunde“, erwiderte Jeans. „Einen Lherram.“

„Das sind doch diese kleinen, verrückten Affen, oder?“, fragte Zhisstar stirnrunzelnd nach.

„Damit ist Art perfekt beschrieben“, sagte Jeans und musterte den fremden Khoganer genauer. Er trug nur einen Lendenschurz, sodass die zahlreichen Narben auf seiner Schuppenhaut zu sehen waren. „Seid Ihr ein Matrose auf diesem Schiff?“

„Wenn der alte Prankmer vor Fremden von mir spricht, nennt er mich meistens seinen Leibwächter“, antwortete Zhisstar grimmig. „Er ist verflucht stolz darauf, mich an Bord zu haben. Von den anderen Kapitänen kann keiner behaupten, einen Khoganer zu befehligen.“

„Ist das etwas so Besonderes?“, fragte Jeans verwundert.

Die Augen des Echsenmannes verengten sich zu schmalen Schlitzen. „Ich habe gehört, dass Ihr Khuzum stolz seid“, sagte er leise, „aber Ihr solltet Euch hüten, einen von uns zu verspotten.“

„Sie wollte dich nicht beleidigen“, beeilte sich Phillo zu sagen. „Sie weiß tatsächlich nichts von unserem Volk.“

„Dann sage ihr bald, dass unsere Krieger die gefürchtetsten dieser Welt sind“, grollte Zhisstar. „Bevor sie einen anderen trifft, der ihr dies ohne viel Federlesens beweist.“ Mit diesen Worten drehte er sich um und stapfte davon.

„Hoppla“, meinte Jeans. „Das ist aber ein ganz Empfindlicher.“

„Du hättest dich wenigstens ein bisschen zurückhalten können“, schnaubte Phillo. „Verdammt, da treffe ich mal jemanden, der mir etwas über mein wahres Ich erzählen kann, und du vergraulst ihn so schnell wie möglich.“

„Jetzt hör mal zu, du blöde Krokotasche“, brauste Jeans auf, wurde aber sofort von Sanna unterbrochen.

„Das ist Blödsinn, Phillo“, meinte sie ruhig. „Jeans hat nur ganz normal gefragt. Wenn der Kerl gleich beleidigt ist, kann sie das nicht riechen. Ich würde sagen, du wartest, bis sich dein Freund beruhigt hat, und dann redest du mal alleine mit ihm.“

„In Ordnung“, brummte Phillo und zwang sich zur

Ruhe. „Dann fragen wir doch mal, wo wir schlafen können."

Gemeinsam traten sie auf die Brücke, wo Prankmer an der Reling lehnte und mit gerunzelter Stirn zum Horizont starrte.

„Ihr habt euch ja bereits mit meinem Leibwächter bekannt gemacht", brummte er, ohne die drei Freunde anzusehen.

„Warum habt Ihr nicht gesagt, dass ein Khoganer für Euch arbeitet?", fragte Phillo.

„Ihr habt mich nicht danach gefragt", meinte der Schiffer schulterzuckend. „Zhisstar wirkte wütend. Was war der Grund?"

„Ein Missverständnis", erklärte Sanna. „Nichts von Bedeutung. Wir wollten fragen, wo unsere Quartiere sind."

„Ihr werdet bei der Mannschaft schlafen müssen." Der Kapitän grinste hinterlistig. „Meine Jungs werden sich über die Gesellschaft freuen."

„Da bin ich mir sicher", schnaubte Jeans. „Ich werde lieber an Deck schlafen."

„Dann seht zu, dass Ihr niemandem im Weg seid", meinte Prankmer. „Und bemüht Euch, Zhisstar nicht zu verärgern. Er kann sehr böse werden, und im Zweifelsfall hat er mehr Freunde an Bord als Ihr – mich eingeschlossen."

„Was ist das nur für ein Mistkerl!", schimpfte Jeans. „Wir haben für die Passage bezahlt, und er behandelt uns wie den letzten Dreck!"

Die Freunde hatten sich mittschiffs einen ruhigen Winkel gesucht und beobachteten den Sonnenuntergang. Wenn ihre Lage nicht so Besorgnis erregend gewesen wäre, hätten sie sicherlich mehr Freude an dem farbenprächtigen Schauspiel gehabt.

„Er hat uns völlig in der Hand“, sagte Sanna leise. „Mittlerweile bin ich froh, wenn wir unversehrt in Bardalar ankommen.“

Phillo gab ein zustimmendes Grollen von sich. Dann schlug er wütend mit der Faust gegen ein Holzfass. „Ich muss mich mit diesem Zhisstar unterhalten, verdammt!“, schnaubte er. „Er ist der Einzige an Bord, der uns notfalls helfen kann, und ich muss einfach mehr über mein Volk erfahren.“ Er stand auf. „Ich werde mal sehen, ob ich ihn finde“, sagte er und marschierte davon.

„Wenn alle Khoganer wie dieser Zhisstar sind, dann hoffe ich, dass es bei dieser einen Begegnung mit Phillos Verwandten bleibt“, bemerkte Sanna so leise, dass es nur Jeans hörte.

Phillo fand Zhisstar unter Deck. Der Khoganer polierte gerade mit einem ledernen Lappen einen zwei Meter langen Stock aus dunklem Holz, das mit feinen Einlagen aus Silber verziert war. Eine Weile beobachtete Phillo ihn, ohne sich bemerkbar zu machen.

„Was willst du, Bruder?“, fragte Zhisstar nach einer Weile, ohne aufzusehen.

„Ich wollte mich mit dir unterhalten“, sagte Phillo und unterdrückte sein Staunen. Woher hatte der Kerl gewusst, wer er war?

„Dann setze dich zu mir“, lud der Khoganer ihn ein. „Hast du deine Shazbath verloren? Ich habe sie nicht in eurem Gepäck gesehen.“

„Meine was?“, fragte Phillo verwirrt und ließ sich neben Zhisstar nieder.

„Deinen Stock. Deinen Kampfstock“, erklärte der andere und sah ihm zum ersten Mal direkt in die Augen. In seinem Gesicht spiegelte sich echte Verwunderung. „Sag bloß, die Geschichte von deinem verlorenen Gedächtnis ist wahr!“

Phillo seufzte. „Ich weiß gar nichts über mich, über unser Volk, und ich weiß nicht, wo meine Schassbak ist“, sagte er und bemühte sich um einen möglichst zerknirschten Gesichtsausdruck.

„Shazbath“, verbesserte Zhisstar ihn und legte den Stock beiseite. „Bei meiner Mutter, ich hätte nicht gedacht, dass es eine noch verfluchtere Seele gibt als mich!“

„Wieso bist du verflucht?“, fragte Phillo, plötzlich aufmerksam geworden.

„Denkst du etwa, dass ich freiwillig auf diesem verdammten Schiff bin“, knurrte der Khoganer. „Prankmer hat mir das Leben gerettet.“ Er spuckte aus. „Ein Khoganer, gerettet von einem Menschen! Was für eine erbärmliche Schande!“

„Tut mir Leid, aber ich kann das nicht so schlimm finden“, brummte Phillo. „Kann doch jedem mal passieren.“

„Sicher, aber nicht wenn ...“, begann Zhisstar und hielt schwer atmend inne. „Wie dem auch sei“, fuhr er schließlich fort. „Und nun soll ich dir etwas über unser Volk erzählen?“

„Dafür wäre ich dir sehr dankbar“, nickte Phillo langsam.

„Und?“, fragte Jeans skeptisch und schaufelte sich einen weiteren Löffel des salzigen Breis in den Mund, den der Schiffskoch der Mannschaft vorgesetzt hatte. „Wie war's?“

„Mit dem Kerl ist irgendwas nicht in Ordnung“, meinte Phillo und setzte sich neben sie. Er hielt ebenfalls einen Holznapf und ein Stück Brot in der Hand. „Aber zum Schluss war er richtig gesprächig. Hat wohl bei der Erinnerung an seine Vergangenheit Heimweh gekriegt.“

„Also, was bist du?“ Sanna sah ihren Freund neugierig an.

„Zumindest sollte ich mich für den mächtigsten Krieger der Welt halten“, meinte Phillo grinsend. „Diesen Größenwahn scheinen alle Khoganer gemeinsam zu haben. Und ich habe meine Shazbath verloren.“

„Deine was?“

Während ihres Abendessens berichtete Phillo alles, was er von Zhisstar über die Khoganer erfahren hatte. Immerhin wusste er nun wenigstens, dass er einem finsteren Sumpf westlich von Thebul entstammte, noch weit jenseits der Roten Berge. Die Khoganer schienen ein Volk von fanatischen Kämpfern zu sein, die oft als Söldner und Leibwächter angeheuert wurden, wenn sie auch in dieser Gegend nur selten gesehen wurden. Trotz ihrer Tradition als Krieger verachteten sie alle weiterentwickelten Waffen wie Schwerter und Bogen. Das Einzige, was sie verwendeten, waren ihre Kampfstäbe, die Shazbath, die sie wie ihren Augapfel hüteten und die jedem Kundigen verrieten, welchem Clan ihr Besitzer entstammte und welchen Grad der Kampfkunst er erreicht hatte.

„Aber du hast nicht erfahren, aus welchem Clan du kommst?“, fragte Sanna nach.

„Ohne meine Shazbath lässt sich das nicht ohne weiteres feststellen, nehme ich an“, seufzte Phillo. „Und ich bin vorerst gar nicht so begierig darauf, meine Familie zu treffen – wenn ich überhaupt eine habe.“

„Wieso das?“

Phillo verzog das Gesicht. „Die Khoganer-Clans werden von Frauen geführt. Die Männer sind nur zum Kämpfen da.“

Jeans starrte ihn an und brach dann in schallendes Gelächter aus, in das Sanna mit ein wenig Verzögerung einstimmte.

„Ich fasse es nicht!“, keuchte Jeans und hielt sich den

Bauch. „Phillo muss sich von seiner Mama herumkommandieren lassen!“

„Warte erst mal, was wir über deine Rasse herausfinden“, schnaubte Phillo missmutig.

„Da bin ich auch gespannt“, meinte Sanna und versuchte wieder ernst zu werden. „Aber du musst zugeben, dass es lustig ist, wenn gerade du einem solchen Volk angehörst.“

Phillo musste wider Willen auch lachen. „Ich hatte noch nie Probleme damit, auf eine Frau zu hören“, behauptete er. „Zumindest nicht, wenn ich das Gefühl habe, dass sie etwas Vernünftiges sagt.“

„Na dann“, nickte Jeans lachend. „Wir werden dein Volk mal besuchen, wenn wir Art und Hralena wiedergefunden haben.“

Dieses Thema brachte alle auf andere Gedanken, und sie blickten nachdenklich zum Horizont, hinter dem sich irgendwo der Zweimaster mit ihrem Freund verbergen musste.

„Ich hoffe nur, dass wir sie wirklich in diesem Bardalar finden“, sagte Sanna leise. „Ich habe keine Lust, Arts Eltern erklären zu müssen, dass wir ihren Sohn in einer fremden Welt verloren haben.“

„Sie würden es sicher verstehen“, meinte Jeans, konnte aber nicht einmal selbst über ihren Scherz lachen.

„Wir werden ihn schon finden. Und diese nervige Hralena auch“, brummte Phillo schließlich und stand auf. „Immerhin haben wir unserem Freund Larson versprochen, auf sie aufzupassen, wenn mich nicht alles täuscht.“

„Wo willst du hin?“, fragte Jeans und streckte sich gähnend.

„Zhisstar hat mir gesagt, wo wir ein paar Decken leihen können. Ich möchte jetzt ein bisschen schlafen.“

„Gute Idee“, erwiderte Sanna. „Hat er auch gesagt, wann wir Bardalar erreichen werden?“

„Wahrscheinlich in vier Tagen. Wenn uns das Wetter keinen Strich durch die Rechnung macht.“

Phillo brachte allen dicke Decken, in denen sie es sich an Deck gemütlich machten. Der Nachtwind strich sanft über das Schiff, und die drei Freunde lauschten nachdenklich dem Rauschen der Wellen und dem Knarzen des Rumpfes, bis die Müdigkeit sie überwältigte.

Keiner von ihnen bemerkte den Kapitän, der mit einer Pfeife im Mund näher kam und nachdenklich die schlafenden Passagiere betrachtete. Ein zufriedenes Grinsen breitete sich über sein rundes Gesicht.

5

Am liebsten hätte Art um Hilfe geschrien. Sein Mund war staubtrocken, und er war sich ganz und gar nicht sicher, ob er nicht doch in diesem entsetzlichen Teppich ersticken würde. Es musste mittlerweile heller Tag sein, denn Strahlen gleißenden Lichts drangen durch das Gewebe. Außerdem war die Hitze ein deutlicher Beweis für die fortgeschrittene Tageszeit.

Nachdem er stundenlang regelrecht gebraten worden war, wunderte sich Art, dass sein Schweiß den dicken Stoff noch nicht so durchweicht hatte, dass es jemandem auffiel. Zuletzt beschloss er, einfach bis tausend zu zählen. Dann würde er um Hilfe rufen, wenn er noch konnte. Der Esel unter ihm wirkte mittlerweile auch schon recht matt, und immer wieder mussten die Treiber eines der Tiere unter wütendem Geschrei und mit harten Schlägen zum Weitergehen zwingen.

Art war gerade bei vierhundertsechsundsiebzig angekommen, als die Karawane ihr Ziel erreicht hatte. Männer riefen wild durcheinander Befehle. Und dann endlich wurde Arts Teppich hochgehoben und durch die Luft geschleudert. Ein Stöhnen entfuhr ihm, als er auf den Boden prallte. Doch nun waren wenigstens die Schnüre an den Enden der Rolle gelöst, und er konnte hinauskriechen. Langsam arbeitete er sich aus seinem Stoffgefängnis heraus und sah sich um.

Er befand sich in einem großen, hölzernen Schuppen, in dem sich die verschiedensten Waren auftürmten. Um ihn herum arbeiteten noch einige Männer daran, die letzten Esel von ihrer Last zu befreien. Doch schließlich war alles abgeladen, und die Männer führten die Tiere ins Freie.

Sobald er alleine war, schlüpfte Art ganz aus dem Teppich, stand auf und streckte sich stöhnend. Er musste unbedingt zusehen, dass er schnell etwas zu trinken fand! Leise huschte er zu den halb geschlossenen Toren und lugte hinaus. Vor ihm lag ein großer Hof, der von einer blendend weißen Mauer umschlossen wurde, an der verschiedene Gebäude und Schuppen aus Holz oder Stein standen.

Die Menschen, die hier lebten, hatten sich offenbar vor der Hitze in den Schatten der Häuser geflüchtet, denn der Hof war völlig verlassen. Nur die Esel drängten sich um mehrere Tröge nahe eines kleinen Brunnens und schlürften das Wasser geräuschvoll in sich hinein. Art war zu durstig, um sich noch darum zu kümmern, dass man ihn von weitem sehen konnte. Er marschierte einfach quer über den Hof, schlüpfte unter den Eseln hindurch an den Rand eines Troges und tauchte den Kopf in das trübe Wasser.

Nachdem er den ersten Durst gelöscht hatte, trank er in langsamen, genießerischen Schlucken weiter, bis er das Gefühl hatte, jeden Moment platzen zu müssen. Zufrieden seufzend spritzte er sich mit beiden Händen Wasser über Kopf und Schultern, um sein glühendes Fell zu befeuchten.

Die Esel begrüßten es mit freudigem Grunzen, als der seltsame Affe sich endlich davonmachte und sie wieder mehr Platz am Trog hatten. Mit neu geschöpfter Kraft lief Art über den Hof und schlüpfte zurück in den Schatten des Schuppens, um erst einmal seine Gedanken zu ordnen. Gähnend schlenderte er zwischen den verschiedenen Waren umher und sah sich um. In einem Winkel entdeckte er eine riesige Sänfte, die von Leinentüchern vor Staub geschützt wurde. Ohne Zögern schlüpfte er hinein, ließ sich in die weichen Polster des Sitzes fallen und schloss die Augen. Nun konnte er in aller Ruhe überlegen, was als Nächstes zu tun war.

Ein wütendes Brüllen ließ ihn aus seinen Träumen hochschrecken. Müde blinzelte er durch einen Spalt in den Vorhangtüchern über der Sänfte. Ein halbes Dutzend Männer mit Fackeln kamen in den Schuppen gestürzt und begannen hastig, verschiedene Bündel zusammenzuraffen und auf den Hof hinauszutragen. Ein anderer Kerl mit einer Fackel und einem Schwert im Gürtel stand daneben und trieb die Männer mit wüsten Flüchen an.

Durch die offenen Tore konnte Art den tiefschwarzen Himmel sehen. Unzählige Sterne strahlten dort oben, heller und klarer, als er es je vorher gesehen hatte. Er musste einige Stunden lang geschlafen haben, wie er sich bedauernd eingestand.

Schon wollte er aus der Sänfte schlüpfen, um sich ein wenig umzusehen. Doch bevor er sein Vorhaben verwirklichen konnte, kamen vier weitere Träger auf sein Versteck zu. Art duckte sich tief auf den Boden und schlüpfte dann einfach unter die Sitzbank. Für seinen kleinen Körper war hier ausreichend Platz, wie er erleichtert feststellte. Leise rollte er sich zusammen und lauschte den tiefen Stimmen der Männer, die erst die Leinentücher herunterrissen und dann mit einem Ruck die Sänfte hochhoben und ins Freie trugen.

„Endlich wird das Ding abgeholt“, brummte einer mit dem fremdländischen Akzent, den Art schon von Hralena kannte. „Stand doch schon seit ’nem Monat da rum.“

„Wer soll denn da drin reisen?“, fragte ein anderer.

„Keine Ahnung. Ein Mädchen. Hab sie vorhin kurz gesehen. Muss aus der Familie von Fürst Mahoud sein, wenn ich richtig gehört habe.“

Zur Familie gehört sie noch nicht, dachte Art. Aber bald, wenn ich nichts dagegen unternehme.

„Gelobt sei der Fürst, Gott segne sein Haus“, sagte ein Dritter, und die anderen brummten zustimmend. Für Art klang es nicht gerade, als kämen diese Worte von Herzen.

Nach wenigen Schritten stellten die Männer die Sänfte vor dem Schuppen ab. Der Hof war erfüllt vom Wiehern der Pferde und von Stimmengewirr. Neugierig lugte Art unter seiner Sitzbank hervor und versuchte, einen Blick aus den Fensteröffnungen zu werfen. Bevor er jedoch etwas erkennen konnte, wurde die Sänfte wieder angehoben und zwischen zwei Pferden befestigt, die unter der neuen Last zu tänzeln begannen.

„Zuerst steckt Ihr mich in einen stinkenden Sack, und dann in eine Sänfte“, hörte Art plötzlich eine wohl bekannte Stimme schimpfen. „Denkt Ihr etwa, dass Ihr damit Euer Verhalten entschuldigen könnt?“

„Ich bin lediglich damit beauftragt, Euch zu Eurem Bräutigam zu bringen, ohne Aufsehen zu erregen“, brummte Wessim und öffnete die Tür der Sänfte. „Dass dies bisweilen ein wenig unbequem für Euch war, ließ sich nicht vermeiden.“

„Eines verspreche ich Euch, Wessim“, schnaubte Hralena und kletterte in die Sänfte. „Sollte ich einst Königin werden, so wird sich ein Weg finden lassen, Euch all dies hier heimzuzahlen.“

„Ich vertraue auf Fürst Mahoud“, versicherte Wessim amüsiert. „Er wird mich vor Eurem Zorn schützen, bis er verraucht ist.“

„Seid Euch nicht zu sicher, dass er je verrauchen wird“, erwiderte Hralena kühl. „Und bedenkt, dass Mahoud mehr als doppelt so alt ist wie ich. Es mag der Tag kommen, da ich zur Witwe werde.“ Ihre Stimme wurde zu einem Raunen. „Und das wird der Tag sein, da auch Eure Frau zur Witwe wird.“

Wessim schlug die Tür der Sänfte zu. „Ich werde mich darauf einstellen“, sagte er, doch seine Worte klangen ein wenig unsicher. Hralena warf ihm einen hasserfüllten Blick zu, dann zog sie die Vorhänge zu und begann leise zu schluchzen. Art kam diese Situation irgendwie bekannt vor, und er musste ein Lachen unterdrücken, als er sich zwischen Hralenas Beinen hindurchzwängte und sie einen überraschten Schrei ausstieß.

„Hallo, ich bin's", erklärte Art schnell und setzte sich ihr gegenüber auf den Boden. „Wie geht's dir?"

Einen Moment starrte Hralena ihn entgeistert an, bevor auch sie lachen musste. „Wie kommst du denn herein?", fragte sie leise und schüttelte ungläubig den Kopf.

„Ich habe in diesem Ding hier ein Nickerchen gemacht", gab Art zu. „Und dann haben sie mich vor den Schuppen geschleppt, bevor ich mich aus dem Staub machen konnte."

„Nun gut", kicherte sie leise. „Dann sind wir wieder mal zusammen eingesperrt."

„Ich bin gespannt, wie lange ich mich hier drin verstecken muss", meinte Art. „Hoffentlich nicht wieder drei Tage. Dafür ist es doch ein bisschen eng."

„Wir sollten heute Abend ankommen, wenn mich nicht alles täuscht", beruhigte Hralena ihn. „Das heißt, wenn wir tatsächlich direkt zu Fürst Mahouds Festung reiten."

In diesem Augenblick schnalzte der Mann, der das vordere Pferd der Sänfte am Zügel führte, mit der Zunge, und sie setzten sich schaukelnd in Bewegung.

„Wohin sie uns auch bringen, wir sind auf dem Weg", stellte Art nüchtern fest.

Leise stand Sanna auf und trat an die Reling. Obwohl dies nun schon ihre dritte – und hoffentlich letzte – Nacht auf der *Pechvogel* war und sie sich mittlerweile an das Schaukeln gewöhnt hatte, konnte sie nicht schlafen. Unruhig starrte sie in das Kielwasser hinunter. Der

Rumpf des Schiffes wühlte anscheinend Algenteppiche im Wasser auf, sodass es grünlich leuchtete und die *Pechvogel* eine schimmernde Spur im schwarzen Meer hinterließ.

Nachdenklich spuckte Sanna in das grün schäumende Wasser hinunter. Prankmer hatte ihnen versichert, dass sie am nächsten Tag in Bardalar ankämen. Damit hatten die Entführer mindestens einen Tag Vorsprung, und noch dazu mussten die Freunde nach ihrer Ankunft herausfinden, wohin die Verbrecher Hralena gebracht hatten. Sanna sandte ein Stoßgebet gen Himmel, dass Art doch in Bardalar zurückgeblieben war, um auf sie zu warten. Aber im Grunde wusste sie genau, dass diese Hoffnung sich nicht erfüllen würde. Art war einfach nicht der Typ, der geduldig auf etwas wartete. Wenn er nicht hinter Hralena her war, würde er sonstwo herumrennen und sich oder andere in Schwierigkeiten bringen. Ein Lächeln huschte über Sannas Gesicht. Trotz allem war sie davon überzeugt, dass es ihm gut ging. Wer so leichtsinnig war wie er, der hatte auch einen Schutzengel.

Mit einem Seufzer kehrte sie zu ihrem Lager zurück. Jeans und Phillo schliefen fest, eingelullt vom gleichmäßigen Takt der Wellen. Sanna schlüpfte in ihre Decke und schloss die Augen. Tatsächlich dämmerte sie irgendwann ein, und der Wind und das Knarzen des Schiffes drangen nur noch wie von fern an ihr Ohr.

Als sie kurze Zeit später von Jeans' Schrei aufgeweckt wurde, war es schon zu spät. Fahrig rappelte sie sich hoch, doch sofort stürzte sich ein riesiger Kerl auf sie und drückte sie mit seinem ganzen Gewicht zu Boden.

„Phillo!“, schrie sie gellend. „Wach auf, Phillo!“

„Vergiss es!“, schnaufte der Mann, der auf ihr saß. „Mit dem Khoganer sind wir schon fertig. Also halt dein Maul!“

„Lass mich los, verflucht!“, kreischte Sanna panisch

und wand sich verzweifelt in der brutalen Umklammerung. Sie formte eine Faust und schlug dem Mann ins Gesicht. Sofort prallte der Kerl zurück und sackte mit einem rasselnden Stöhnen zu Boden, während unerträgliches Kopfweh wie eine Welle über Sanna zusammenbrach. Benommen richtete sie sich auf, nur um in Prankmers Mondgesicht zu sehen.

„Gute Nacht“, sagte der Kapitän mit einem bösen Lachen und schlug zu. Sanna hörte ein grässliches Knirschen an ihrem rechten Ohr, und dann wurde alles schwarz um sie.

Phillo schüttelte grunzend den Kopf, um die Übelkeit abzuschütteln. Sofort fuhr ein stechender Schmerz durch seine Arme und Schultern. Er hing an schweren Ketten, die mit einem klobigen Schloss an einem Holzbalken über seinem Kopf befestigt waren. Auch seine Füße waren mit einer schweren, kurzen Kette gefesselt. Mühsam stand er auf, und der Schmerz in den Armen ließ ein wenig nach, sodass er endlich wieder klar denken konnte.

Das Letzte, woran er sich noch erinnerte, war ein Aufschrei und ein dumpfer Schmerz nach einem Schlag auf seinen Kopf. In dem Bruchteil einer Sekunde, den er noch bei Sinnen gewesen war, hatte er geglaubt, sterben zu müssen. Doch sein Echsenschädel schien härter zu sein, als er gedacht hatte.

Neben ihm lagen Jeans und Sanna auf dem Boden. Beide Mädchen waren an Armen und Beinen gefesselt, wenn auch im Gegensatz zu Phillo nur mit normalen Seilen.

Zwischen den Brettern der Kammerdecke schimmerte die Sonne hindurch. Ihre Angreifer hatten sie offenbar in irgendeinen kleinen Frachtraum unter Deck der *Pechvogel* gesteckt. Stöhnend lehnte sich Phillo gegen die Wand und dachte nach. Er hatte nicht gesehen, wer sie überwältigt hatte. Doch letztlich musste es Prankmer selbst mit seinen Männern gewesen sein. Was wollte der Kapitän nur von ihnen? Ihr restliches Geld hatte er sich bestimmt schon unter den Nagel gerissen. Warum hatte er sie nicht gleich umgebracht?

Phillo schwor Rache. Sobald er hier nicht mehr wie ein Stück Räucherschinken hing, würde es der Kapitän bereuen, ihn nicht sofort aus dem Weg geräumt zu haben. Prankmer sollte schon noch lernen, dass man sich besser nicht mit Phillo anlegen sollte.

„Schau nicht so böse, ich kriege noch Angst", brummte Jeans zu seinen Füßen und versuchte, sich trotz ihrer Fesseln aufzusetzen. „Mist, mein Kopf tut vielleicht weh."

„Mir geht's ähnlich", nickte Phillo. „Ansonsten alles okay?"

„Arme dran, Beine dran – denke schon", war die knappe Antwort. „Was ist denn mit Sanna?"

„Ist noch nicht aufgewacht. Scheint aber auch okay zu sein."

„Dann ist ja wirklich alles in Butter", schnaubte Jeans und stupste Sanna mit den Füßen an. „Hey, Sanna – aufwachen! Frühstück ist fertig." Sanna gab ein unwilliges Brummen von sich, schlief aber friedlich weiter. „In Ordnung, sie lebt", stellte Jeans achselzuckend fest. „Wir wecken sie erst, wenn wir einen Plan haben. Du hast doch einen Plan, oder?"

Phillo musste trotz der Schmerzen in seinen Armen grinsen. „Ist leider noch nicht in allen Einzelheiten fertig. Hast du eigentlich mitgekriegt, was genau passiert ist?"

Gähnend lehnte sich Jeans gegen eine Wand. „Ich habe nur noch gesehen, wie dir der andere Khoganer eine Stange über den Schädel gezogen hat. Und dann gingen bei mir auch die Lichter aus."

„Was?", brüllte Phillo und zerrte so heftig an den Ketten, dass der Balken knirschte. „Zhisstar war bei der Bande dabei?"

„Wenn wir nicht noch einen von eurer Sorte an Bord haben, war er es wohl“, erwiderte Jeans. „Was meinst du, kommst du an meine Fesseln ran?“

„Wenn du an meine Hände herankommst, dann schon“, gab Phillo zurück und rasselte mit seinen Ketten.

„In Ordnung, dann halt nicht“, seufzte Jeans erschöpft. „Muss eben doch Sanna dran glauben.“ Sie begann, ihre Freundin mit den Füßen anzustupsen, was dieser ein unwilliges Grunzen entlockte.

„Lass mich“, schnaubte sie. „Will schlafen ... hab Kopfweh!“

„Das haben wir alle“, erklärte Jeans mitleidlos und gab ihr noch einen leichten Stoß. „Steh auf, wir brauchen dich jetzt.“

„Verdammt, ich habe Kopfweh!“, fauchte Sanna wütend und sackte sofort wieder in sich zusammen. „Oh Gott, tut das weh!“, hauchte sie. „Was haben diese Schweine mit uns gemacht?“

„Gefesselt und hier eingesperrt“, teilte Phillo ihr düster mit. „Und ihr beide solltet jetzt zusehen, dass ihr euch gegenseitig aus der Patsche helft.“

Jeans rückte so an Sanna heran, dass sie ihre Fesseln erreichen konnte. „Los, gib mal deine Pfoten her“, kommandierte sie, und Sanna gehorchte schlaftrunken.

Einige Minuten lang versuchte Jeans vergeblich, die Stricke zu lösen, doch dann musste sie aufgeben. Die groben Hanfseile waren mit so festen Knoten zusammengeknüpft, dass Jeans’ Kraft einfach nicht reichte, um Sanna zu befreien.

„Keine Chance“, stöhnte sie schließlich. „Ich habe mir sämtliche Fingernägel abgebrochen, aber da ist nichts zu machen. Sorry.“

„Schade“, meinte Sanna. „Lass es mich mal bei dir versuchen.“ Auch sie mühte sich einige Zeit vergeblich damit ab, Jeans’ Fesseln zu lösen. Noch bevor sie aufgab, wurde eine Luke über ihnen geöffnet, und mehrere Seemänner sprangen zu ihnen herunter. Ohne zu zögern, trat Phillo nach dem ersten, der ihm nahe genug kam. Er musste dazu sein ganzes Gewicht auf die Handfesseln verlagern, und sofort zuckte wieder der Schmerz durch seine Arme und Schultern.

Der Angegriffene wich dem kraftlosen Tritt lachend aus und versetzte Phillo einen Hieb in den Magen, so dass dieser hustend zusammensackte.

„Wie eine Ratte in der Falle", grunzte der Seemann. „In die Enge getrieben, beißt sie noch. Jungs, bringt die Mädchen an Deck. Für den Bastard hier sollten wir uns aber Verstärkung holen. Bringt Zhisstar her."

„Irgendwann werdet ihr das bereuen", drohte Jeans, während die Männer sie durch die Luke hinaufhoben. „Wartet's nur ab!"

„Was wollt Ihr eigentlich von uns?", fragte Sanna müde, als auch sie auf den heißen Planken des Decks lag und Prankmer auf sie herabsah. „Unser Geld habt Ihr doch schon."

„Mädchen wie du sind für mich noch ein bisschen mehr wert als nur die paar Münzen in ihren Taschen, Kleine", entgegnete ihr Kapitän gut gelaunt und wandte sich um. „Zhisstar, kommst du endlich?"

„Ich bin hier, Herr", brummte der Khoganer, dessen finstere Gestalt plötzlich, wie aus dem Nichts aufgetaucht, hinter Prankmer aufragte. „Was wollt Ihr?"

„Sage mir, ob sich dieser Khoganer da unten noch zu irgendetwas verwenden lässt", forderte Prankmer ihn auf.

„Keiner meines Volkes wird je zu einem Sklaven werden", grollte Zhisstar.

„Schade", meinte Prankmer, wischte sich den Schweiß von der Glatze und sah zum Bug hin. „In wenigen Minuten laufen wir in Bardalar ein. Wirf ihn rasch über Bord, bevor wir dem Hafen allzu nahe sind." Zhisstar neigte nur den Kopf und sprang in den Lagerraum hinunter.

„Das wird er doch nicht machen, oder?", fragte Sanna fassungslos und versuchte sich aufzurappeln. „Ich meine, er und Phillo sind doch Brüder oder so was Ähnliches. Er wird ihn doch nicht umbringen!"

„Zhisstar wird sein Leben lang nur meinen Befehlen gehorchen", erklärte der Kapitän selbstzufrieden und streichelte seinem Köter den Kopf, als der aufgeregt bellend an ihm hochsprang. „Ich habe ihm das Leben gerettet – da zählen keine Blutsbande mehr."

Wie zur Bekräftigung seiner Worte wurde Phillo in diesem Augenblick von den Matrosen durch die Luke an Deck gezerrt, gefolgt von Zhisstar. Phillo starrte seinen Bruder mit funkelnden Augen an, der ihn mit eisernem Griff packte und zur Reling zerrte.

„Phillo!", schrien die Mädchen wie aus einem Mund, als der Khoganer ihren Freund gegen die Reling drückte, seine Füße umklammerte und ihn dann mit einem Ruck in die smaragdgrüne See hinabschleuderte. Mit einem wütenden Schrei stürzte Phillo in die Wellen und wurde sofort von den schweren Ketten in die Tiefe gezogen.

Jeans und Sanna starrten Zhisstar entsetzt an, der seelenruhig beobachtete, wie Phillo unterging. Dann wandte sich der Khoganer wortlos ab und verschwand unter Deck.

„Gut, das hätten wir erledigt", sagte Prankmer zufrieden. „Ihr werdet euch ein wenig fügsamer zeigen als euer Freund, nicht wahr? Denn dann wird euer Schicksal auch bei weitem angenehmer werden als das seine, das verspreche ich euch."

Sanna und Jeans blickten immer noch entgeistert zu

der Stelle der Reling, wo sie Phillo zuletzt gesehen hatten. Erst langsam wurde ihnen klar, dass sie ihren Freund tatsächlich verloren hatten.

„Dankeschön“, sagte Art schmatzend, als Hralena ihm noch eine weitere Hand voll getrockneter Feigen hinunterreichte. „Ich hätte zwar langsam mehr Lust auf ein Schinkenbrot, aber fürs Erste tun es Früchte auch.“

„Ich werde deine Wünsche bei der nächsten Gelegenheit an unsere Gastgeber weiterleiten“, schnaubte Hralena und reichte ihm auch einen kleinen Krug mit Wasser.

„Wahrscheinlich werden sie sich wundern, aber immerhin bist du die Braut“, erwiderte Art und trank. „Sind wir nicht bald da? Ich will mir endlich mal so richtig die Beine vertreten“, fragte er und lugte vorsichtig durch eines der Fenster. Um sie herum erstreckten sich bis zum Horizont gelbe Sanddünen.

„Da vorne sieht man die Festung schon“, meinte Hralena düster und drückte seinen Kopf unsanft nach unten. „Ich wollte, es würde noch hundert Tage dauern, bis wir ankommen“, fügte sie theatralisch hinzu.

„Um Gottes willen!“, rief Art entsetzt. „Das wäre ja noch schöner. Je eher wir da sind, desto besser! Ich halte es keinen Augenblick mehr hier unten aus.“

„Ja, ja, ist schon in Ordnung“, knurrte Hralena genervt. Art blinzelte interessiert zu ihr hoch. Ihm war aufgefallen, dass sie immer dann erträglich war, wenn sie sich richtig ärgerte. Dann legte sie ihr hochnäsiges Getue ab und benahm sich wie ein normaler Mensch.

„Ich werde mich zuerst noch ein wenig in der Sänfte versteckt halten“, klärte er Hralena auf. „Wenn es dunkel ist, komme ich und befreie dich, in Ordnung? Und dann hauen wir ab.“

„Ja, das hört sich wunderbar an“, brummte Hralena misstrauisch. Sie war sich nie sicher, ob Art etwas ernst meinte oder sie nur aufziehen wollte. Aber aus seinen großen, braunen Augen sprach so viel Unschuld, dass sie jedes Mal zu der Überzeugung kam, dass Art tatsächlich so naiv war, wie er sich gab.

„Vielleicht solltest du dein Fenster mit irgendetwas kennzeichnen“, bat er, „dann finde ich dich leichter. Du könntest eine Kerze hineinstellen.“

„Gute Idee“, ächzte Hralena und verbarg das Gesicht in den Händen. „Ich werde tun, was ich kann.“

„Das tun wir doch alle“, nickte Art. „Sind wir noch nicht da?“

Die Sonne hatte sich schon hinter den Horizont zurückgezogen, als die Karawane die Festung von Fürst Mahoud erreichte. Art hatte sich wieder unter der Sitzbank zusammengerollt und wartete ungeduldig darauf, sein Versteck verlassen zu können. Hektische Rufe wurden laut, als die Tore geöffnet wurden und sie in den Hof der Festung einzogen. Kaum hatten sie angehalten, als die Tür der Sänfte aufgerissen wurde und Wessim sich vor Hralena verneigte.

„Wir sind am Ende unserer Reise angelangt, Herrin“, sagte er ruhig.

Art lugte unter seiner Bank hervor und beobachtete das vernarbte Gesicht des Mannes. Seine dunklen Augen glänzten im Schein zahlreicher Fackeln, als er nach einer Pause zufrieden hinzufügte: „Fürst Mahoud wird Euch sogleich begrüßen.“

„Ich habe kein Verlangen, ihn zu sehen“, erwiderte Hralena böse und kletterte aus der Sänfte. „Teilt ihm mit, dass ich sofort in meine Gemächer geführt zu werden wünsche.“

„Sagt es ihm selbst, Herrin“, schlug Wessim lächelnd vor und deutete hinter sich. Art spähte durch eine Ritze und sah nun zum ersten Mal den Mann, in dessen Auftrag Hralena entführt worden war.

Man konnte wirklich nicht sagen, dass er unattraktiv war. Sein Gesicht schien zwar ein wenig zu rund, und die Mundwinkel hatten einen bitteren Zug. Doch mit den krausen, schwarzen Haaren, dem prächtigen Gewand aus dunkler Seide und den breiten Schultern bot er dennoch einen beeindruckenden Anblick. Er kam mit eiligen Schritten auf die Sänfte zu, und ein selbstzufriedenes Lächeln erschien auf seinem Gesicht, als er Hralena erkannte.

„Hralena", sagte er mit einer sehr tiefen Stimme, die Art ein wenig an Phillo erinnerte. „Ich heiße Euch herzlich in meiner bescheidenen Hütte willkommen. Ich lobe Gott dafür, dass er Euch unversehrt hierher gebracht hat."

„Dass Gott etwas mit dieser schändlichen Entführung zu tun hat, muss stark bezweifelt werden", hielt Hralena tapfer dagegen, doch ihre Stimme zitterte. „Was soll das alles? Ihr glaubt doch nicht im Ernst, dass Ihr meinem Vater die Krone stehlen könnt, indem Ihr mich zur Hochzeit zwingt?"

„Nein, bestimmt nicht", erwiderte Mahoud lachend und sah auf Wessim hinunter, der ehrerbietig vor ihm kniete. „Das hat Euch Wessim doch nicht erzählt, oder? Nein, ich werde Euren Vater lediglich beerben, wie es bei uns seit Anbeginn aller Zeiten üblich ist. Er wird die Krone bis an sein Lebensende tragen, dessen seid versichert. Und nun kommt, ich werde Euch zu Euren Gemächern führen. Wessim, erhebt Euch. Ihr werdet uns begleiten."

Damit drehte sich Mahoud um und marschierte davon. Einen Moment lang sah es so aus, als wollte Hralena trotzig stehen bleiben, doch dann ging sie gehorsam hinter ihrem Entführer zum Hauptportal des prächtigen Palastes, dessen weiße Mauern und Türme im Schein der Fackeln und Feuerschüsseln in der Nacht leuchteten. Rings um das Gebäude wuchsen hohe Palmen, die sich leise im Wind wiegten.

Wessim gab dem Führer der Sänfte ein Zeichen und folgte dann ebenfalls seinem Fürsten. Der Führer klappte hastig die Tür vor Arts Nase zu und trieb dann die Pferde über den Hof durch ein breites Gittertor zu den Stallungen. Dort wurde die Sänfte rasch abgeladen und in einen Winkel des Stalls getragen.

Kaum war sie wieder mit einigen Tüchern verdeckt, da kroch Art auch schon unter seiner Bank hervor und streckte sich genüsslich. Einige Minuten lang musste er noch warten, während um ihn herum die Pferde von ihren Sätteln befreit und in die Boxen geführt wurden. Nachdem die Knechte schwatzend und gähnend in ihre Räume verschwunden waren, kehrte Ruhe ein im Stall. Nur zwei Soldaten blieben vor dem Gebäude stehen und hielten Wache.

Leise stieg Art aus der Sänfte und sah sich aufmerksam um. An den Wachen würde er wohl nicht ungesehen vorbeikommen, aber über den Boxen mit den Pferden befanden sich mehrere kleine Fensteröffnungen. Vorsichtig kletterte er über die Tür einer Box und balancierte auf der Trennwand zur Mauer hin. Die Pferde neben ihm schnaubten leise, ließen sich aber von dem seltsamen Besucher nicht aus der Ruhe bringen. Art warf den Soldaten am Stalltor noch einen raschen Blick zu. Die Männer steckten sich ihre Pfeifen an und schmauchten genussvoll.

Mit einem Satz schnellte Art zu dem Fenster empor. Im nächsten Augenblick hatte er sich hochgezogen und hockte zusammengekauert in der schmalen Öffnung. Auf der anderen Seite der Mauer waren grob gezimmerte Kisten aufgestapelt, und er konnte einfach wie auf einer Treppe hinuntergehen. Unten duckte er sich in den Schatten und überlegte den nächsten Schritt.

Vor ihm ragte der weiße Palast aus der Wüste auf wie ein Bauwerk aus einem Märchen. Erst jetzt sah er, dass sich zwischen den Palmen kleine Gräben entlangzogen, durch die Wasser plätscherte. Auf allen Türmen standen Soldaten, die mit Bogen bewaffnet waren und in die Nacht hinausspähten. Er würde sich teuflisch in Acht nehmen müssen, um nicht aufzufallen. Nach kurzem Nachdenken zog er seine seidenen Klamotten aus. Zum einen waren sie ihm sowieso zuwider, zum anderen würde sein dunkler Pelz bestimmt nicht so leicht gesehen werden wie die hellen Kleider.

Wie ein Schatten huschte er im Mondlicht zu den Palmen hinüber und von dort aus weiter auf die Mauern des Palastes zu. Er musste einen Weg finden, in das Innere dieses riesigen Gebäudes zu gelangen. Doch an den glatten Steinen der Mauer konnte er unmöglich hochklettern. Schließlich fiel sein Blick auf eine besonders hohe Palme, die mehrere Meter über die Mauer hinausragte. Sie war so schief gewachsen, dass ihre Spitze in den Palast hineinreichte. Wenn es ihm gelang, den Wipfel des Baumes zu erreichen, konnte er vielleicht auf der anderen Seite hinunterspringen.

Mit einem Schulterzucken machte Art sich auf den Weg. Wenn sein Plan nicht funktionierte, würde er das noch früh genug bemerken. Unbemerkt erreichte er die Palme und begann an ihr hochzuklettern. Seine schlanken Finger und Zehen fanden in der Rinde des Stammes hervorragend Halt, und mit raschen Griffen hangelte er sich in den Nachthimmel empor.

Die schäumende See schlug über Phillos Kopf zusammen, und er begann sofort zu sinken wie ein Stein. Die schweren Eisenketten zerrten ihn unbarmherzig immer weiter in die Tiefe. Er kämpfte gegen seine aufkeimende Panik und zog die Beine an den Körper, bis er das Schloss an der Kette zu fassen bekam.

Seine Lungen drohten zu bersten, während er verzweifelt mit dem Schlüssel daran herumfummelte, den er bisher in der Faust verborgen hatte. In seinem Kopf hallten noch die Worte Zhisstars nach, als der Khoganer ihm den Schlüssel in die Hand gedrückt hatte: „Du schuldest mir einen Gefallen, Bruder. Denk daran, wenn wir uns wieder sehen. Und viel Glück!“

Endlich drehte sich der Schlüssel, und der Bügel des Schlosses sprang auf. Hastig strampelte Phillo sich die Ketten von den Füßen und begann sofort, sich mit kräftigen Schwimmstößen an die Oberfläche zu kämpfen. Sekunden später hatte er auch die Fesseln an seinen Händen gelöst. Von den Gewichten befreit, schoss er wie ein Pfeil nach oben, dann endlich durchstieß er die Wasseroberfläche.

Ein wilder Triumphschrei entfuhr ihm, als sich seine Lungen mit herrlich kühler Luft füllten und ihn die Sonne blendete. Er hatte es geschafft. Einige Zeit lang ließ er sich nur treiben, atmete die salzige Luft ein und genoss einfach das Gefühl, am Leben zu sein. Schließlich sah er sich um. Weit vor ihm glitt die *Pechvogel* durch die Wellen auf die Küste zu. Er konnte eine große Stadt erkennen, deren weiße Häuser sich auf dem schmalen Küstenstreifen einer weiten Bucht drängten. Das musste Bardalar sein – das Ziel ihrer Reise.

Obwohl Phillo ein guter Schwimmer war und er als Khoganer einen Menschen an Ausdauer weit übertraf, war es dennoch eine gewaltige Strecke, die er bis zur Küste zurücklegen musste. Er war sich tatsächlich nicht sicher, ob er es aus eigener Kraft schaffen würde, an Land zu schwimmen. Hilfe suchend sah er sich um. Einige hundert Meter entfernt entdeckte er ein kleines Fischerboot, das mit gerefftem Segel auf den Wellen schaukelte. Mit langen, kraftvollen Zügen schwamm er auf das kleine Boot zu.

Die *Pechvogel* legte mit Hilfe zweier Schleppboote am Kai des Hafens von Bardalar an. Sobald das Schiff vertäut war, ließen die Männer einen Laufsteg herunter und begannen, die Ladung an Land zu tragen.

„Wir haben euer Ziel erreicht, meine Damen", erklärte der Kapitän und verneigte sich grinsend vor Jeans und Sanna. „Es ist mir eine Ehre, euch euer neues Zuhause zeigen zu können."

„Was habt Ihr mit uns vor?", zischte Jeans. „Wollt Ihr uns auch noch umbringen, so wie Phillo?"

„Für so eine Verschwendung würde Gott mich verfluchen", meinte Prankmer und sah Sanna abschätzend an. „Nein, mit euch habe ich wirklich etwas anderes vor. Aber lasst euch überraschen." Er ließ die Mädchen einfach liegen und verschwand.

„Was denkst du, passiert jetzt?", fragte Jeans mit rauer Stimme.

„Ich glaube, ich will es gar nicht wissen", sagte Sanna tonlos, legte den Kopf zurück und lauschte dem Gewirr unzähliger Stimmen, das wie ein dicker Teppich über dem Hafen lag.

Nach einer halben Stunde kam der Kapitän zurück. Ihm folgten zwei große, dickbäuchige Männer, die neugierig auf die Mädchen herabsahen. Ihrer Ähnlichkeit nach mussten es Brüder sein. Sie trugen prächtige Kleider aus knallbunter Seide, und an ihren Fingern glänzten dicke Goldringe.

„Habe ich Euch zu viel versprochen?", fragte Prankmer großspurig. „Zwei Schönheiten, wie Ihr sie so schnell nicht wieder finden werdet."

Die Männer sahen sich kurz an. „Für eine Khuzum haben wir kaum Verwendung, Kapitän", meinte der eine stirnrunzelnd. „Diese Wilden können gar nicht arbeiten, selbst wenn man sie dazu prügelt."

„Und eine Schönheit ist sie wirklich nicht“, fuhr der andere nachdenklich fort. „Sieh dir die Muskeln an. Man könnte glauben, sie sei ein Mann.“

„Auf die Idee kommt man bei dir bestimmt nicht, Fettsack“, schrie Jeans wütend. „Was denkst du dir eigentlich, so von uns zu ...“, fuhr sie fort, doch Prankmer sprang neben sie hin und schlug ihr mit der flachen Hand ins Gesicht.

„Seht Ihr, was ich meinte“, sagte der eine bedauernd. „Diese Khuzum sind nicht zu bändigen. Was sollten wir mit ihr anfangen?“

„Dann sprechen wir doch erst einmal von der anderen“, schlug der Schiffer schwer atmend vor. „Seid Ihr an diesem Mädchen auch nicht interessiert?“

Wortlos trat einer der Männer neben Sanna und legte die Hände um ihren Kiefer. „Aufmachen!“, befahl er nur. Nach kurzem Zögern öffnete Sanna den Mund, und der Kerl warf einen genauen Blick hinein. Dann fasste er unter ihre Achseln und richtete sich wieder auf. „Sie ist immerhin gesund“, erklärte er stirnrunzelnd. „Ihre Zähne sind hervorragend. Und sie ist tatsächlich recht ansehnlich. Besonders mit diesen seltsamen blauen Augen.“

„Dann gehen wir in meine Kabine, trinken ein Glas und sprechen über das Geschäft“, schlug Prankmer vor. „Ich bin mir sicher, Ihr könnt mir ein annehmbares Angebot machen.“

Die drei Männer verschwanden unter Deck. Sanna und Jeans starrten ihnen wie betäubt hinterher.

„Das gibt’s doch nicht – dieser Fiesling will uns verkaufen“, flüsterte Jeans. In ihren Augen standen Tränen hilfloser Wut.

„Und wenn ich es richtig sehe, schafft er es auch“, erwiderte Sanna erschöpft. „Zumindest bei mir.“

6

Aufmerksam spähte Art auf die Mauer hinunter. Es waren gute zwei Meter, die ihn von ihr trennten. Den Sprung würde er sicher überstehen, aber nur, wenn er die Mauer nicht verfehlte. Denn von der Palme zum Boden des Palasthofes waren es sicher acht Meter oder mehr, und das traute er sich wirklich nicht zu. Gespannt wartete Art ab, bis der Wind sich etwas legte, sodass die Palme nicht mehr zu sehr schwankte, und sprang.

Weich wie eine Katze landete er auf dem Stein, der noch warm vom Tag war. Zufrieden richtete er sich auf und sah sich um. Die Mauer umschloss ein gewaltiges Gebäude aus größeren und kleineren Elementen, deren Kuppeldächer alle über verschiedene Brücken und Gänge miteinander verbunden waren. Von dieser Mauer aus konnte man anscheinend jeden anderen Teil des Palastes erreichen, wenn man nicht von den Wachen entdeckt wurde. Art grinste zufrieden. Er war im Inneren der Palastmauern, und von nun an sollte der Rest ein Kinderspiel sein.

„Halt!“, brüllte jemand hinter ihm. „Stehen bleiben!“

Art fuhr herum und starrte den Soldaten an, der etwa zwanzig Schritt von ihm entfernt seinen Bogen spannte und auf ihn zielte.

„Ich bin ein Freund, bitte nicht schießen!“, schrie er gellend, drehte sich um und rannte los. Sirrend raste der Pfeil an Arts Kopf vorbei und zerschellte vor ihm an einer Mauer. Ohne über seinen Weg nachzudenken, sprintete Art über die Dächer des Palastes hinweg, änderte seinen Kurs nur, wenn vor ihm andere Wachen auftauchten, und betete inständig, dass ihn keiner der Pfeile traf, die einer nach dem anderen über seinen Kopf hinwegschwirrten. Nach kurzer Zeit erreichte er eine kleine Terrasse, auf der die verschiedensten Topfpflanzen herumstanden. Noch bevor er sich nach einem geeigneten Versteck umsehen konnte, kamen von beiden Seiten Soldaten herangestürmt.

„Spielstopp!“, schrie er, aber die Männer kannten seine Regeln anscheinend nicht. Keuchend stürmte Art die letzte unversperrte Treppe hinauf. Sie war in eine kleine Kuppel eingelassen und führte zu dem Ziertürmchen auf ihrer Spitze. Die Seiten des Türmchens bestanden aus buntem Glas, durch das schwaches Licht schimmerte. Art erreichte die Spitze und sah sich um. Zwei Soldaten folgten ihm die Treppe hinauf, die anderen standen unten und spannten gerade ihre Bogen.

Arts Finger tasteten hinter seinem Rücken das warme Glas ab. Plötzlich griff er in einen Spalt, und eine der Scheiben bewegte sich. Hastig drehte er sich um und starrte das Ding an. Etwa ein Drittel des Türmchens ließ sich öffnen wie ein Fenster. Tief unter sich sah er hellblaues Wasser glitzern, und seltsame Musik drang zu ihm empor. Ohne einen weiteren Gedanken riss er die Scheibe ganz auf und sprang, während Sehnen sirrten und ein Schwarm von Pfeilen das Glastürmchen in einer bunten Scherbenwolke zerspringen ließ.

Mit einem lang gezogenen Schrei segelte Art durch die Luft und klatschte schließlich in das hellblaue Wasser, wobei er eine gewaltige Fontäne erzeugte. Einen Moment lang blieb er benommen auf dem Grund des Beckens liegen, dann strampelte er sich wieder nach oben und wischte sich über die Augen. Nur zwei Meter vor ihm ragte ein rundliches, dunkles Gesicht aus dem Wasser.

Art stieß einen überraschten Schrei aus. „Hallo, Fürst Mahoud“, rief er und schwamm dann hastig an den

Beckenrand. Keuchend kletterte er auf die schwarz-weißen Fliesen und sah sich um. Über ihm war das Wutgebrüll seiner Verfolger zu hören, und eine kleine Musikantengruppe starrte ihn mit offenem Mund an.

„Packt ihn!“, rief Mahoud zwei Soldaten zu, die sich zögernd von der Eingangstür her auf Art zubewegten. „Na los, schnappt ihn euch!“

Das Kommando genügte, um Art wieder in Bewegung zu setzen. Wie ein Geistesgestörter sauste er um das Becken herum und suchte verzweifelt nach einem anderen Ausgang, wobei er stets darauf achtete, dass das Becken zwischen ihm und den Männern blieb. Endlich fand er eine kleine Tür und schoss darauf zu. Sobald er sie erreicht hatte, riss er sie auf, schlüpfte hindurch und prallte mit dem Kopf so heftig gegen eine Wand, dass er halb ohnmächtig zu Boden sank. Bevor er sich aufrappeln konnte, packten ihn kräftige Hände an den Schultern und zerrten ihn hoch.

„Wir haben ihn, *Mahoud-thash*“, meldete einer der Männer knapp.

Während Art langsam wieder zu sich kam, hatte Mahoud sich in einen weichen Umhang gehüllt und trat nun näher. „Was ist denn das für ein Tier?“, fragte er stirnrunzelnd. „Woher hat es diese Lederriemen? Wie kann es sprechen?“

„Ich weiß es nicht, *Mahoud-tash*“, erwiderte der Soldat. „Sollen wir es töten?“

„Noch nicht“, sagte der Fürst und sah interessiert auf Art herunter. „Los, sag schon: Was bist du? Was suchst du hier?“

Art setzte eine Unschuldsmiene auf. Mit großen, verängstigten Affenaugen starrte er zu dem Fürsten empor. Wenn man ihn für ein Tier hielt, konnte das sicher seine Vorteile haben.

Ein böses Lächeln glitt über das Gesicht des Fürsten.

„Offenbar kann es doch nicht sprechen“, sagte er langsam. „Dann tötet es.“

„Halt, ich kann doch sprechen“, rief Art schnell. „Aber nur ein bisschen“, fügte er hinzu.

„Gut“, meinte der Fürst zufrieden. „Was tust du hier? Wer hat dich geschickt? Solltest du mich töten?“

„Äh, nein“, meinte Art überrascht. „Ich bin auf die Palme geklettert und runtergefallen, und dann bin ich auf der Mauer gelandet, und dann haben die Soldaten auf mich geschossen, und dann bin ich weggelaufen, schließlich bin ich da oben angelangt, und danach bin ich runtergefallen, und jetzt – ja, jetzt bin ich hier.“

Mahoud verzog das Gesicht. „Dass du nicht hier bist, um mich zu töten, glaube ich dir sogar. Nicht mal ein Wahnsinniger würde ein Tier wie dich senden, um mich ... Nun gut, aber warum bist du wirklich hier?“

In diesem Augenblick wurde die Tür des Raumes aufgestoßen, und Wessim kam mit gezücktem Schwert in der Hand hereingestürmt, gefolgt von einem Trupp Soldaten.

„Seid Ihr unverletzt, *Mahoud-tash*?“, rief er und lief auf den Fürsten zu.

„Mir ist nichts geschehen“, wehrte der Fürst unwillig ab. „Aber wir haben hier einen überaus seltsamen Eindringling gefangen. Habt Ihr schon einmal etwas Ähnliches gesehen, Wessim?“

Die Augen des Kriegers weiteten sich. „Allerdings, *Mahoud-tash*“, sagte er langsam. „Dies ist ein Wesen, das Eure Braut seit ihrem Aufbruch von Khormuth begleitet hat. Es muss uns bis hierher verfolgt haben.“

Obwohl eine leichte Brise wehte, lief Sanna und Jeans in der Abendsonne der Schweiß in Strömen hinunter, als Prankmer mit seinen zwei fetten Geschäftspartnern wieder an Deck kam.

„Ihr seid ein Halsabschneider, Liv“, schimpfte der eine und sah auf die beiden benommenen Mädchen herunter. „Was sollen wir nur mit der Khuzum anstellen?“

„Ich bin sicher, Ihr werdet Mittel und Wege finden, um sie zu einer brauchbaren Arbeiterin zu machen“, beruhigte Prankmer den Kerl. „Ich hatte bisher nicht den Eindruck, dass sie besonders wild ist. Nur eben ein wenig widerborstig.“

„Gebe Gott, dass es so ist“, brummte der andere, beugte sich zu Sanna herunter und schnitt ihre Fußfesseln durch, während der andere sich um Jeans kümmerte. Die Männer zerrten die Mädchen auf die Füße und hielten sie an den Armen fest, bis ihre tauben Beine wieder zu gebrauchen waren. Dann stießen sie sie zu der Laufplanke und auf den Kai hinunter.

„Viel Glück, meine Kleinen“, rief der Kapitän ihnen hinterher. „Es tut mir Leid wegen eurem Freund.“

„Dafür werdet ihr büßen“, flüsterte Jeans so leise, dass es nicht einmal Sanna hören konnte.

Die Mädchen wurden von den Männern durch die dichte Menschenmenge im Hafen geführt. An einem Tor standen ein paar Soldaten, die sie träge beobachteten, als sie näher kamen. Sie trugen weiße, wallende Gewänder und stützten sich gelangweilt auf ihre Hellebarden.

„Wen habt ihr denn da?“, erkundigte sich einer mit einem schmierigen Grinsen bei den fetten Sklavenhändlern. „Wieder ein paar verurteilte Verbrecherinnen?“

„Ganz genau“, sagte einer der beiden und drückte dem Mann ein paar Münzen in die Hand. „Hast du Interesse, Ardul?“

„Die Schwarze da ist hübsch“, warf ein anderer ein. „Aber seit wann handelt ihr Brüder denn mit Khuzum?“

„Der Verkäufer hat darauf bestanden, dass wir sie nehmen. Ich gebe sie dir zu einem äußerst günstigen Preis.“

„Die nehme ich nicht mal geschenkt“, erwiderte der

Mann lachend und nahm seinen Teil des Geldes in Empfang. „Und jetzt verschwindet, bevor jemand auf dumme Gedanken kommt. In letzter Zeit ist der *Rhadschik* etwas empfindlich, was diese Art von Geschäften angeht."

„Der König, gelobt sei sein Name, hat sich einen ziemlich humorlosen Stadtverwalter ausgesucht", brummte ein anderer Soldat. „Unter dem alten *Rhadschik* war das Geschäftsleben wesentlich reger."

„Wie wahr", bestätigten die fetten Händler und trieben die Mädchen weiter durch das Tor, ins Innere von Bardalar.

„Immerhin ist das hier wohl gegen das Gesetz", flüsterte Jeans. „Das heißt, dass wir nicht völlig schutzlos sind. Wir müssen es nur schaffen, diesen Kerlen zu entkommen."

„Okay", sagte Sanna nur. Sie war immer noch völlig benommen von dem Wissen um Phillos Tod und stolperte widerstandslos vor den Händlern durch das Gedränge auf den Straßen. Jeans fiel auf, dass die Leute sie mit seltsamen Blicken musterten, als hätten sie Angst vor ihr.

Nach einigen Minuten gelangten sie durch verschiedene kleine Gassen zu einem düsteren Haus mit vergitterten Fensteröffnungen. Ein junger Mann mit blödem Gesichtsausdruck öffnete ihnen und schloss die Tür sorgfältig hinter ihnen ab. Die Händler führten die Mädchen durch das Haus zu einem kleinen Zimmer, stießen sie hinein und verriegelten die Tür von außen.

„Mist", schimpfte Jeans und setzte sich auf einen der feuchten Strohsäcke in einer Ecke des Zimmers. „Ich werde diese miesen Kerle alle umbringen, und wenn es das Letzte ist, was ich tue!"

Sanna lehnte sich mit geschlossenen Augen gegen eine Wand, öffnete den Mund, um etwas zu sagen, und schüttelte dann den Kopf. „Was denkst du, wie wir hier rauskommen sollen?", fragte sie müde.

„Das ist mir egal!“, knurrte Jeans. „Ich denke darüber nach, wie ich diesen Mistkerlen in den Hintern treten kann.“

„Mir ist es nicht egal!“, schrie Sanna und trat gegen die feucht glänzende Mauer. „Ich will nicht sterben, ich will nicht verkauft werden, und ich will hier raus!“

„Sie haben Phillo ermordet!“, brüllte Jeans zurück und rappelte sich auf. „Ist dir das egal?“

Sanna hob zum ersten Mal den Blick und sah Jeans aus ihren kristallblauen Augen an. „Nein“, flüsterte sie. „Aber wir helfen Phillo nicht, indem wir uns jetzt selbst auf den Müll werfen. Und vor allem müssen wir Art und Hralena finden. Denn die sind nicht tot – noch nicht.“

Ihr wütender Blick ließ Jeans zurückschrecken. Eine Weile starrte sie zu Boden. „Okay“, sagte sie schließlich mit rauer Stimme. „Du hast Recht.“ Sie ließ sich wieder auf den Strohsack fallen. „Was machen wir also jetzt?“

Sanna lachte verbittert. „Wir lösen unsere Fesseln, rufen die Polizei, nehmen ein Taxi und fliegen nach Hause.“

„Darf ich meinen Teddy mitnehmen?“, erkundigte sich Jeans mit großen Augen, und beide Mädchen kicherten erschöpft.

„Nach Hause gehen wäre wirklich cool“, brummte Jeans.

Einen Moment lang dachten sie nach.

„Ach, du Scheiße!“, flüsterte Sanna und fasste sich an den Hals, an die Stelle, wo noch vor kurzem der Anhänger gewesen war.

„Das Artefakt!“, flüsterte Jeans. „Jetzt haben wir es echt eilig. Wir müssen diesen Mistkerl Prankmer erwischen, bevor er wieder absegelt.“

„Allerdings“, stimmte Sanna ihr zu. „Lass es uns noch mal mit den Fesseln versuchen.“

In stummer Eile machten sich die Mädchen daran, Rücken an Rücken an den Knoten der jeweils anderen zu zerren. Doch die rauen Hanfstricke rissen ihnen nur die Fingernägel ein.

„Es geht nicht“, schnaufte Sanna enttäuscht. „Gibt es hier nichts, woran wir die Seile aufschneiden können?“

„Ich habe mich vorhin schon umgesehen“, meinte Jeans kopfschüttelnd. „Das Einzige, was ich gesehen habe, ist das Gitter von dem Fenster da oben. Die Stäbe könnten eine scharfe Kante haben.“

Sanna blickte zu dem winzigen Loch hoch über ihren Köpfen empor. „Da kommen wir nie hoch, selbst ohne Fesseln nicht“, stellte sie entmutigt fest und setzte sich hin. „Wir müssen warten, bis irgendeine andere Gelegenheit auftaucht.“ Sie sah Jeans bittend an. „Und halt dich ein bisschen zurück. Ich denke, dass unsere Chancen besser sind, wenn wir verängstigt und hilflos wirken.“

„Ich fühle mich ziemlich verängstigt und hilflos“, schnaubte Jeans.

„Dann lass es für diese Mistkerle auch so aussehen. Wenn du aggressiv wirst, tust du uns keinen Gefallen, denke ich.“

Die Mädchen mussten noch einige Zeit warten. Die Sonne war längst untergegangen und ihre kleine Kammer in völlige Finsternis getaucht, als sich Schritte näherten und Fackelschein unter dem Türspalt sichtbar wurde.

„Denk daran: Wir sind ängstlich“, flüsterte Sanna noch einmal in Jeans Richtung, während der Riegel zurückgeschoben wurde und zwei fremde Männer eintraten. Sie zogen die Mädchen wortlos hoch und schoben sie durch verschiedene Gänge in einen Keller hinunter. Hier wartete einer der fetten Händler mit einem hageren Mann, dessen Glatzkopf im Licht der Fackeln schweißbenetzt glänzte. Er stocherte mit einem langen Eisenstab in einem Becken voll glühender Kohlen herum.

Der Händler gab den beiden Dienern einen Wink,

worauf die Männer den Mädchen ihre Hemden über der rechten Schulter herunterrissen.

„Was habt Ihr mit uns vor?“, fragte Sanna mit zitternder Stimme.

„Leider werde ich nur einen gut zahlenden Käufer für euch zwei finden, wenn alles mit rechten Dingen zugeht“, erklärte der Händler und zwinkerte ihr verschwörerisch zu. „Das heißt, dass klar sein muss, dass ihr beide zur Sklaverei verurteilt seid. Und deswegen muss ich euch zeichnen lassen.“ Er wandte sich an den Glatzkopf. „Ist der Eintrag in den Gerichtsbüchern schon geregelt? Die eine mit Diebstahl, die andere mit Veruntreuung?“

„Ich kümmere mich morgen darum“, brummte der Mann und hob den Eisenstab aus den Kohlen. Die Mädchen keuchten, als sie sahen, dass es ein Brandzeichen war. Das verschlungene Symbol zischte weiß glühend, als der Glatzkopf die Stange durch die Luft schwenkte. „Welche zuerst?“

„Die Khuzum“, erwiderte der Händler und packte Sanna, damit die beiden Diener sich ganz um Jeans kümmern konnten. „Und haltet sie gut fest. Sie ist eine kleine Wildkatze.“

„Lasst mich los!“, brüllte Jeans, als die Männer sie auf den Boden drückten und jeweils ein Knie auf ihre Schultern setzten. „Ich bringe euch alle um, ich bringe euch um!“

Der Glatzkopf begutachtete noch einmal das glühende Brandeisen, bevor er es langsam über Jeans’ Schulter senkte, die ihn mit weit aufgerissenen Augen anstarrte, ohne sich rühren zu können.

Plötzlich brach eine ungeheure Kraft aus Sanna hervor. Phillos Ermordung, die Brutalität des Kapitäns, diese widerwärtigen Kerle, die Angst und die erlittenen Demütigungen – all dies wallte in ihr hoch wie der Dampf in einem Kessel, der plötzlich dem Druck in seinem Inneren nicht mehr standhalten kann. Ihr ganzer Körper vibrierte durch die Energie, die sie mit einem Mal erfüllte. Instinktiv lenkte sie diese Kraft gegen die Männer, gegen das Brandeisen, gegen alles, was ihr Angst machte.

Eingehüllt in eine Mauer unbändigen Zorns bekam sie kaum mit, wie der Händler sie losließ und sich heulend vor Schmerzen den Kopf hielt. Die Fesseln fielen von ihren Handgelenken ab wie Spinnweben, und das Brandeisen zerplatzte in den Händen des Glatzkopfes wie ein Silvesterkracher. Glühende Eisenstückchen stoben wie eine Funkenwolke auseinander und ließen die drei Männer brüllend vor Schmerzen von Jeans zurückschrecken.

Sie sackten alle drei zu Boden und hielten sich die Hände vor die Gesichter, während Jeans verwirrt aufsprang und Sanna anstarrte. Die kristallblauen Augen ihrer Freundin glühten wie zwei Sterne, als sie sich mit einem Gesichtsausdruck umsah, der Jeans die Haare zu Berge stehen ließ.

„Ihr Schweine“, flüsterte Sanna und sah sich noch einmal nach den Männern um, die sich leise wimmernd auf dem Boden wälzten. Dann verlosch das Glühen ihrer Augen, und ihre Lippen begannen zu zittern. „O Gott!“, wisperte sie und stürzte zu Boden wie eine Marionette, deren Fäden durchtrennt worden sind.

Jeans ging mit wackeligen Schritten auf ihre Freundin zu, kniete neben ihr nieder und hob ihren Kopf in den Schoß. Aus Sannas Augen, Nase und Ohren flossen dünne Rinnsale von Blut.

„Sanna, was ist mit dir los?“, flüsterte Jeans entsetzt und schüttelte sie sanft. „Sanna, verdammt, wach auf! Was hast du getan?“

Doch Sanna gab nur ein schwaches Stöhnen von sich. Jeans sah sich ängstlich nach den Männern um. Keiner der vier schien sich um die beiden kümmern zu können. Noch während sie überlegte, was sie nun tun sollte, ging die Tür hinter ihr auf, und jemand stieß einen überraschten Schrei aus. Blitzartig fuhr Jeans herum und blickte in das Gesicht des anderen Händlers.

„Was ist hier ...“, brachte der Mann noch heraus, dann stürzte sich Jeans auf ihn. Ihr Fuß grub sich tief in den Wanst des Kerls, und er gab ein Keuchen von sich, als ob ihm der Atem genommen würde. Jeans legte ihre ganze Wut und Hilflosigkeit in die Schläge, die sie wie ein Gewitter auf den Mann niederprasseln ließ. Nach wenigen Sekunden lag er stöhnend auf dem Boden.

Schwer atmend stand Jeans da und sah auf den reglosen Mann hinunter; dabei konnte sie zum ersten Mal wieder einen klaren Gedanken fassen. Noch einmal versuchte sie vergeblich, Sanna zu wecken. Dann zerrte sie ihre Freundin an den Armen in eine sitzende Stellung und hievte sie sich über die Schultern. Wären sie beide in ihrer menschlichen Gestalt gewesen, hätte sie das nie im Leben geschafft. Doch als Khuzum hatte sie die Figur einer Athletin. Ohne größere Mühe trug sie Sanna aus dem Keller hinaus und wanderte leise durch das Haus. Irgendwo kam sie an einer offenen Truhe vorbei, in der verschiedene Kleidungsstücke lagen. Nach kurzem Nachdenken setzte sie Sanna vorsichtig ab, nahm zwei Kapuzenumhänge und warf sie sich selbst und Sanna über. Diese Verkleidung war nicht besonders gut, aber besser als nichts. Wenige Minuten später hatte sie die Haustür erreicht, schob die schweren Riegel zurück und trat auf eine kleine Gasse hinaus.

Einen Moment lang genoss sie die laue, frische Luft auf ihrem schweißbenetzten Gesicht. Dann machte sie sich auf den Weg zurück zum Hafen. Sie hatte keine Lust, sich Gedanken darüber zu machen, was Sanna mit den Männern angestellt hatte. Und was auch immer geschehen sein mochte, sie musste Prankmer finden und den Anhänger zurückholen. Denn wenn sie das nicht schaffte, saßen sie und ihre Freunde womöglich für immer in dieser fremden Welt fest.

Phillo hatte keine Ahnung, dass Jeans genau in dem Moment an ihn dachte, als er sich von dem kleinen Boot ins schwarze Wasser gleiten ließ. Die Fischer hatte er unweit der äußeren Hafenmauern über Bord geworfen, von wo sie leicht an Land schwimmen konnten. Er konnte es sich nicht leisten, dass die beiden ihn verrieten, bevor er sein Vorhaben in die Tat umgesetzt hatte.

Wenigstens hatte er den beiden Männern an Bord des Bootes nichts antun müssen. Sie wären beinahe schon vor Schreck über Bord gesprungen, als er wie eine riesige schwarze Echse aus den Tiefen der See aufgetaucht und zu ihnen ins Boot gekrochen war.

Nun schwamm er mit langen Zügen durch das dunkle Hafenwasser auf die *Pechvogel* zu. An Bord war kein Licht zu sehen. Lediglich achtern schimmerte durch das Fenster einer Kabine der Schein einer kleinen Lampe. Hin und wieder wanderte ein Schatten daran vorbei. Ansonsten bemerkte Phillo kein Zeichen von Leben auf dem Schiff, doch war er ziemlich sicher, dass sich auch hier im Hafen eine Wache auf dem Achterdeck befand. Leise näherte er sich dem gewaltigen Steuerruder und hielt Ausschau nach einer Möglichkeit, an Bord zu klettern. Der glitschige Rumpf selbst bot nicht den geringsten Halt, aber nach kurzem Suchen entdeckte er eine der Leinen, mit denen die Mannschaft der Schleppboote das Schiff an den Kai herangezogen hatte. Offenbar war vergessen worden, sie wieder einzuholen.

Einen Moment lang hängte er sich daran und ruhte sich aus. Dann begann er, sich an dem Tau nach oben zu ziehen. Er fürchtete nicht, gesehen zu werden. Der

Rumpf des Schiffes lag völlig im Schatten, und seine schwarze Echsenhaut verschmolz sicherlich so sehr mit dessen dunkler Farbe, dass ihn selbst ein aufmerksames Auge kaum bemerkt hätte. Endlich hatte er die Reling des Achterdecks erreicht und lugte vorsichtig darüber. Tatsächlich lehnte ein Seemann müde am Steuerrad und sah auf das Deck hinab. Lautlos glitt Phillo über die Reling und schlich auf ihn zu.

Der Mann bemerkte ihn erst, als Phillo direkt hinter ihm stand und er das leise Tropfen von Phillos Kleidern hörte. Noch bevor er sich völlig umgewandt hatte, traf ihn Phillos Faust im Nacken. Selbst Phillo war erstaunt, als der Mann stumm in sich zusammensackte, wie vom Blitz getroffen. Gleichmütig wandte er sich von dem reglosen Körper ab und ging rasch auf das Deck hinunter. Außer der Wache schien wirklich niemand an Bord zu sein. Offenbar hatte Prankmer der Mannschaft Landurlaub gegeben. Das Blut rauschte in seinen Ohren, als er sich auf den Weg zum Kapitän machte. Glücklicherweise kannte er sich auf der *Pechvogel* so gut aus, dass er die Kajüte ohne Probleme fand.

Er blieb einen Moment vor der Tür stehen und lauschte. Plötzlich fing der Köter so laut zu bellen an, als wollte er die ganze Stadt aufwecken. Schritte näherten sich der Tür.

„Ruhe, Racro!", schnauzte Prankmer. „Ich hab's ja gehört. Was ist denn da los, verdammt?" Mit diesen Worten riss er die Tür auf und sah sich einem riesenhaften Schatten gegenüber, der ihn aus gelb glühenden Augen wild ansah. Der Kapitän erschrak zunächst, lachte aber kurz darauf erleichtert. „Zhisstar, was machst du hier? Ist was nicht in Ordnung?"

„Nein", brummte Phillo. „Alles wunderbar."

Der Blick des Kapitäns wanderte an Phillos tropfnasser Gestalt herunter, und er erschrak erneut, als er erkannte, wen er vor sich hatte. „Verflucht!“, stieß er hervor. „Das ist doch ...“

Phillo trat mit einem schnellen Schritt auf Prankmer zu und schlug ihm mit aller Kraft ins Gesicht. Der Mann krachte der Länge nach auf den Rücken und schrie ängstlich auf. „Du hättest uns besser in Ruhe lassen sollen“, donnerte Phillo und drückte den Mann zu Boden, als er sich aufrichten wollte. „Wir haben dich doch bezahlt, du Mistkerl! Warum hast du uns betrogen?“ Der Köter sprang wild um die beiden herum und bellte wie wahnsinnig.

Phillo kniete sich neben den keuchenden Prankmer hin.

„Wo sind die Mädchen“, fragte er leise und umfasste den Hals des Mannes mit beiden Händen.

„Verkauft“, flüsterte der Kapitän. „An die ... Lurdhal-Brüder ... Bitte ...“

„Wo finde ich die?“, knurrte Phillo und entblößte zwei Reihen messerscharfer Zähne. „Na los, wo sind sie?“

„Luft!“, wisperte der Mann, und Phillo lockerte seinen Griff ein wenig. Ihr findet sie in der Stadt“, keuchte er. „Weiß nicht, wie die Straße heißt. Ihr müsst fragen.“

„Dann wirst du mich hinbringen“, befahl Phillo, zerrte den Mann auf die Beine und scheuchte den Köter mit einem Tritt unter das Bett. „Na los, beweg dich!“

„In Ordnung“, ächzte Prankmer und blieb taumelnd stehen, während sich Phillo noch einmal in der Kabine umsah. Sein Blick blieb an einem kleinen Tisch hängen, auf dem neben einigen prallen Ledersäckchen ein ihm wohl bekanntes Schmuckstück lag.

„Dieses Teil gehört uns“, stellte er grimmig fest und steckte das Artefakt in die Tasche. Einer plötzlichen Eingebung folgend, befühlte er eins der Säckchen. Es war voller Münzen. „Und dieser Beutel auch“, setzte er mit einem breiten Lächeln hinzu und stopfte sich sämtliche Beutel in die Taschen.

„Das ist mein Geld“, protestierte der Kapitän schwach.

Phillo sah den Mann ungläubig an. „Ich denke darüber nach, ob ich dir den Garaus machen soll, und du nervst mich wegen der Kohle?“, fragte er in ehrlichem Erstaunen. „Was bist du eigentlich für ein Idiot?“

„In Ordnung“, beschwichtigte ihn Prankmer hastig. „Nehmt alles, was Ihr wollt.“

Zufrieden grunzend steckte sich Phillo noch einen Dolch in den Gürtel, hüllte sich in einen dunklen Umhang, der auf dem Bett lag, zog sich die Kapuze ins Gesicht und stieß seinen Gefangenen vor sich her an Deck. Oben sah er sich kurz um. Wenn er in die Stadt wollte, musste er wohl oder übel durch das Tor mit den Wachen gehen.

„Also gut“, knurrte er. „Wir beide laufen jetzt dort rüber, lachen die Soldaten an und verschwinden wieder. Wenn es wegen dir Probleme gibt, werde ich dich sofort niederstechen. Verstanden?“

Der Kapitän nickte nur ängstlich, und sie machten sich auf den Weg.

Jeans setzte Sanna vorsichtig an einer schattigen Ecke ab. Vor ihr lag die belebte Hauptstraße, die zum Hafen führte. Bisher hatten die Menschen, denen sie begegnet waren, sie nur neugierig betrachtet. Aber nun musste sie sich ernste Sorgen darüber machen, dass jemand auf die Idee kam, ihr Fragen zu stellen, wenn sie ein ohnmächtiges Mädchen durch die Gegend schleppte.

„Sanna“, sagte sie und tätschelte ihrer Freundin die Wange. „Es wäre ziemlich lässig, wenn du jetzt freundlicherweise aufwachen könntest.“

Immerhin bewegte Sanna den Kopf ein wenig und blinzelte durch die verklebten Wimpern hindurch. Von ihrem Erfolg ermutigt, schüttelte Jeans sie etwas heftiger.

„Verdammt, Sanna, jetzt wach schon auf! Ich habe

keine Ahnung, was du mit diesen Typen angestellt hast, aber es wäre ziemlich schade, wenn wir jetzt wieder eingefangen würden, nur weil du schlafen willst."

Natürlich war sich Jeans darüber im Klaren, dass Sanna nicht wirklich schlief. Sie war wohl eher erschöpft und teilnahmslos. Schon wollte Jeans die Freundin wieder hochheben, als diese furchtbar stöhnte und die Augen öffnete.

„Was ist los?", flüsterte sie. „Wo sind wir?"

„Wir sind diesen verdammten Fettsäcken entkommen und auf dem Weg zum Hafen", teilte Jeans ihr erleichtert mit. „Bist du in Ordnung?"

„Mein Kopf", wisperte Sanna. „O Gott, es tut so weh."

„Okay, du musst nicht viel tun", versprach Jeans hastig. „Kannst du wenigstens laufen, wenn ich dich stütze?"

„Ich denke schon", brummte Sanna und richtete sich mit Jeans' Hilfe mühsam auf. Sie war sehr wackelig auf den Beinen, aber solange Jeans sie festhielt, konnte sie gehen.

„Wir tun so, als wären wir besoffen", meinte Jeans mit gespielter Heiterkeit und zog Sanna in Richtung Hauptstraße. Wenigstens fielen sie nun nicht mehr so auf. Immer wieder stießen die beiden Mädchen auf Gruppen von betrunkenen Seeleuten, die grölend von Taverne zu Taverne zogen. Das Gedränge war so dicht, dass Jeans nur mit Mühe verhindern konnte, dass sie beide umgestoßen wurden. Meter für Meter kämpften sie sich vor.

Jeans wurde auf eine harte Geduldsprobe gestellt, denn ihre Freundin blieb alle paar Schritte stehen, um sich auszuruhen. Als sie nach einigen Minuten keine hundert Meter weit gekommen waren, warf sie einen Blick zum Hafentor. Und erstarrte vor Wut und Entsetzen, als sie keine zwanzig Schritt entfernt unter einer Kapuze zwei gelb glühende Augen und die Glatze Prankmers aus der Menge ragen sah. Der Khoganer spähte nervös in die Menge und erstarrte förmlich, als sich ihre Blicke trafen.

„Verdammt, Sanna, wir müssen hier weg!“, zischte Jeans. „Da sind Prankmer und dieser Zhisstar! Los, mach schon, beweg dich!“

Die Nennung dieser Namen riss Sanna aus ihrer Erschöpfung. Gehorsam taumelte sie neben Jeans her.

Phillo sah sich aufmerksam um, ob irgendwo Gefahr lauerte. Ihm war nicht besonders wohl dabei, Prankmer mit einem gezückten Messer vor sich her durch diese Menge zu treiben. Wenn jemand die Waffe in seiner Hand bemerkte, würde er sofort gewaltige Schwierigkeiten bekommen.

Doch dann plötzlich erblickte er vor sich in der Menge ein bekanntes, rotschwarzes Gesicht. Das Mädchen hatte ihn auch gesehen, aber statt ihm freudig entgegenzukommen, machte es abrupt kehrt und lief hastig davon, eine andere Gestalt hinter sich her zerrend. Dabei prallte es mit einem Mann zusammen, dessen Arm die Kapuze vom Kopf des Mädchens streifte, und plötzlich leuchtete in der Menge ein unverwechselbarer feuerroter Haarschopf.

„Jeans! Sanna!“, brüllte Phillo, doch im Lärm der vielen Menschen ging sein Schrei unter. Verdammt, fuhr es ihm durch den Kopf, die Mädchen hielten ihn bestimmt für Zhisstar, weil er Prankmer bei sich hatte! „Ich lasse dich am Leben“, knurrte Phillo dem ahnungslosen Schiffer ins Ohr. „Aber ich rate dir, keine Schwierigkeiten zu machen. Sonst komme ich ein zweites Mal zu dir zurück, verstanden?“

Bevor der Mann auch nur nicken konnte, hatte Phillo ihn stehen lassen und rannte hinter den Mädchen her, wobei er die Leute, die ihn behinderten, rücksichtslos beiseite stieß. Nach ein paar Sekunden begann Prankmer hinter ihm zu schreien wie am Spieß.

„Diebe! Haltet den Kerl! Er hat mich bestohlen! Haltet den Khoganer!“

Phillo stieß einen unterdrückten Fluch aus. Aber jetzt hatte er keine Zeit, sich um ihn zu kümmern. Das Wichtigste war, dass er die Mädchen einholte.

Er sandte ein Dankgebet gen Himmel, dass die Leute hier keine roten Haare hatten. Jeans’ Strähnen stachen aus der Menge heraus wie ein Leuchtfeuer, und er holte rasch auf. Schließlich bogen die Mädchen in eine schmale Seitengasse ab. Phillo sprintete um die Ecke hinter ihnen her – und stürzte über ein ausgestrecktes Bein. Jemand sprang ihm in den Rücken und hieb mit aller Kraft auf seinen Kopf ein.

„Jeans, hör doch auf!“, schrie Phillo wütend und versuchte, die Angreiferin abzuschütteln. „Ich bin’s! Phillo!“

Ein letzter Schlag klatschte schwach gegen seinen Nacken, dann ließ Jeans von ihm ab und trat einen Schritt zurück. Langsam richtete sich Phillo wieder auf, streifte seine Kapuze herunter und rieb sich Nacken und Hinterkopf, wo ihn Jeans’ Fäuste getroffen hatten.

„Hi, ihr beiden“, sagte er und grinste. „Wie geht es euch? Alles in Ordnung?“

7

Die zwei Soldaten vor der schwarzen Tür mit den silbernen Ziergittern davor fielen kurz auf die Knie, als der Fürst und seine Soldaten sich ihnen näherten. Dann rissen sie die Türflügel auf und blieben stocksteif stehen.

„Das tut weh“, protestierte Art zum tausendsten Mal gegen den eisernen Griff Wessims, als der ihn vor sich her in den Raum hinter der Türe dirigierte. Hralena saß auf einem großen halbrunden Sofa, auf dem dutzende von großen und kleinen Kissen lagen. Neben ihr saßen zwei Mädchen in leichten Kleidern und kämmten ihr die Haare. Sie fielen erschrocken zu Boden und drückten die Stirn auf die Erde, sobald sie Mahoud sahen. Hralena selbst schreckte hoch, als Wessim Art wortlos vor ihr auf den flauschigen Teppich schleuderte.

„Was tut dieses Tier hier, Hralena?“, fragte Mahoud knapp, während sich Art aufrappelte. „Wie konnte es Euch bis hierher folgen?“

Art sah zu Hralena hoch und hoffte, dass sie erriet, was er vorhatte. Wimmernd stürzte er auf sie zu und umklammerte ihre Knöchel. Einen Augenblick erstarrte die Prinzessin, doch dann verstand sie.

„O Gott, mein Kleiner“, rief sie entsetzt. „Haben dir die Männer wehgetan?“

„Ja, ganz schlimm“, beschwerte sich Art in möglichst idiotischem Tonfall und rieb seinen Kopf an ihrem Bein. „Sie haben mich gehauen!“

„Warum müsst Ihr auch noch meinen Lherram misshandeln?“, zeterte Hralena. „Reicht es nicht, dass Ihr mich entführt habt?“

„Wie kommt dieses Tier hierher?“, wiederholte Mahoud in eisigem Ton seine Frage.

Hralena schluckte. „Er ist sehr anhänglich“, erklärte sie zögerlich. „Irgendwie hat er es geschafft, an Bord des Schiffes zu kommen. Er war die ganze Zeit über in meiner Kabine. Und dann hat er sich in einem Teppich und danach in meiner Sänfte versteckt.“

„Das ist unmöglich, *Mahoud-tash*!“, rief Wessim wütend. „Ich hätte es bemerkt! Das Tier muss uns auf anderem Weg gefolgt sein!“

Der Fürst sah nachdenklich zu, wie Hralena liebevoll Arts Nacken kraulte. „Wie dem auch sei“, sagte er schließlich milde lächelnd zu Wessim. „Ihr werdet das Wesen mitnehmen und Ghoora zum Abendessen vorwerfen. Ich dulde es nicht, dass man in mein Haus eindringt. Und sucht die Gegend gut nach weiteren Verfolgern ab!“

„Nein!“, schrie Hralena und sprang auf. Art sah sich verzweifelt um. Sein Plan hatte offensichtlich nicht zu dem erwünschten Ergebnis geführt. „Mein Fürst, ich liebe ihn von Herzen“, fuhr Hralena flehend fort. „Er ist das Einzige hier, was mir vertraut ist. Bitte lasst ihn am Leben! Er wird niemandem Schwierigkeiten machen. Seht ihn Euch an! Wie sollte dieses Tier jemandem gefährlich werden?“

„Wenn es in mein Haus einbrechen kann, dann ist es gefährlich“, erwiderte Mahoud kopfschüttelnd. „Ich kann es mir nicht leisten, unnötige Risiken einzugehen.“

„Aber er wollte doch nur zu mir!“, schluchzte Hralena, faltete die Hände und fiel schließlich sogar vor dem Fürsten auf die Knie. „Ich flehe Euch an, mein Fürst, lasst ihn leben!“

Mahoud sah sich kurz um und gab Wessim einen Wink. Der Krieger zog sich mit den Soldaten und den beiden Mädchen rasch zurück und schloss die Tür hinter sich.

„Nun gut", sagte Mahoud, sobald er mit Hralena und Art alleine war. „Ich werde das Tier am Leben lassen."

Hralena seufzte erleichtert.

„Allerdings unter einer Bedingung", fuhr er fort.

„Und die wäre?", fragte Hralena mit schwacher Stimme.

„Ihr werdet mich bereitwillig heiraten", erklärte Mahoud ruhig. „Und Ihr werdet mich bei meinen Plänen gegenüber Eurem Vater unterstützen. Es ist bekannt, welchen Einfluss Ihr auf ihn habt – ganz Juwar weiß, dass Euer Vater nur deshalb keine andere Frau nimmt, weil er will, dass die Krone durch Euch weitergegeben wird – durch die Tochter seiner Frau."

„Verlangt das nicht von mir!", flehte Hralena.

„Ihr werdet ihm klarmachen, dass es sich nicht lohnt, das Land wegen seiner Feindschaft gegen mich in einen Bürgerkrieg zu stürzen", beharrte der Fürst. „Das ist mein Preis für das Leben dieses Affen."

Hralena verbarg das Gesicht in den Händen. „Das kann ich nicht", sagte sie tonlos.

„Was?", schrie Art entsetzt und fuhr hoch. „Geht's noch?"

„Wie Ihr wollt", nickte Mahoud. „Wessim!" Sofort kam der Krieger wieder in das Zimmer gestürzt. „Packt das Tier und verfüttert es", wies der Fürst ihn an.

Art sah sich hektisch nach einem Ausweg um, doch da hatte ihn Wessim schon gepackt und zerrte ihn in Richtung Tür.

„Hralena!", kreischte Art. „Das kannst du doch nicht zulassen!"

„Sei still!", knurrte Wessim und gab ihm ein paar so gewaltige Ohrfeigen, dass seine Ohren klingelten. Im Laufschritt zerrte der Mann Art quer durch den Palast, bis sie die muffig riechenden Gänge des Kellers erreichten. Immer wieder versuchte Art, sich mit Schlagen, Kratzen und Beißen aus der unbarmherzigen Umklammerung zu befreien. Damit handelte er sich jedoch nur neue Schläge ein, sodass er es zuletzt aufgab.

„Es tut mir Leid, dass ich unangemeldet eingedrungen bin“, versuchte er sich nun zu rechtfertigen. „Ich wollte doch nur zu Hralena. Bitte lasst mich zu ihr, ich tue keinem was, ehrlich!“ Sie kamen zu einer schweren Eisentür, die Wessim wortlos entriegelte. „Können wir uns nicht vielleicht irgendwie einigen?“, fragte Art noch hoffnungsvoll, bevor er durch die Öffnung geschleudert wurde.

Während er sich wieder aufrappelte, wurde die Tür donnernd hinter ihm zugeworfen und verriegelt. Interessiert sah er sich um. Er befand sich in einem kreisrunden Raum von etwa zehn Metern Durchmesser. Der Boden war von feinem Sand bedeckt und die Wand aus glattem, schwarzen Stein gemauert. Gegenüber der Eisentür gab es noch einen anderen Zugang, der mit einem Gitter versperrt war. Die Luft roch wie im Raubtierhaus im Zoo. Anscheinend wollte Mahoud sein Versprechen tatsächlich wahr machen. Langsam wurde es selbst Art unheimlich. Er bezweifelte, dass er das Monster hinter diesem Gitter überzeugen konnte, ihn in Ruhe zu lassen.

Plötzlich wurde der Raum von Fackelschein erhellt, und er sah nach oben. Gute vier Meter über ihm endete die Mauer, und mehrere Gesichter sahen gespannt zu ihm herab. Scheinbar war dort oben der Zuschauerraum. Aus der vergitterten Öffnung drang ein Furcht erregendes Brüllen, und die Menschen oben lachten.

„Holt mich doch bitte hier raus!“, forderte Art das Publikum freundlich lächelnd auf, glaubte aber selbst nicht so recht, dass seine Bitte irgendeine Wirkung haben würde. Dann rief jemand einen Befehl, und mit leisem Knirschen hob sich langsam das Gitter.

„Was machst du hier?“, keuchte Jeans. „Wir dachten, du wärst tot!“

„Zhisstar hat mir heimlich den Schlüssel für die Ketten gegeben“, erklärte Phillo und kniete vor Sanna nieder, die ihn aus blutverkrusteten Augen erschöpft ansah. „Es war verflucht knapp, aber damit bin ich die Dinger gerade noch rechtzeitig losgeworden. Und dann haben mich zwei nette Fischer an Land gebracht. Dann hab ich Prankmer überfallen, ihm den Anhänger und Geld abgenommen ...“

„Du hast das Artefakt?“, rief Jeans erleichtert. „Gott sei Dank! Eine Sorge weniger.“

„Schließlich“, fuhr Phillo fort, „habe ich mich auf die Suche nach euch gemacht – und jetzt bin ich hier.“ Er legte seine Hand auf Sannas Schulter. „Was ist mit dir los?“

„Hab furchtbares Kopfweh“, flüsterte Sanna und schloss die Augen.

„Sie hat die Mistkerle, die uns gekauft haben, außer Gefecht gesetzt. Frag mich nicht, wie sie das gemacht hat“, sagte Jeans. „Plötzlich sind alle umgefallen, und das Brandeisen ist zerplatzt, und ...“

„Welches Brandeisen?“ Phillo sah überrascht zu ihr hoch.

„Diese Typen wollten uns als Verbrecher zeichnen, um uns verkaufen zu können“, erklärte Jeans, und auf einmal wurden ihre Knie so weich, dass sie sich neben Sanna auf den Boden setzen musste. „Ich kann nicht mehr.“

Phillo rieb sich die Augen. Er selbst war auch verflucht müde, und Sanna brauchte offensichtlich dringend Ruhe. Sie mussten sich einen sicheren Platz suchen, an dem sie in Ruhe schlafen konnten.

„Warte hier einen Moment", sagte er schließlich. „Ich komme gleich wieder."

„Wo willst du hin?", fragte Jeans verblüfft.

„Ich besorge uns einen Fremdenführer."

Schnell lief Phillo die kleine Gasse hinunter und sah sich aufmerksam um. Nach kurzer Zeit begegnete ihm ein Junge in zerlumpten Kleidern, der sich verstohlen in einen Hauseingang drückte, als er Phillo bemerkte. Entschlossen stellte sich Phillo vor den Eingang. Das Gesicht des Jungen wurde ganz bleich, als er in Phillos Echsenaugen blickte.

„Was wollt Ihr von mir?", stieß er hervor. „Ich habe nichts getan!"

„Ich brauche deine Hilfe", sagte Phillo. „Hast du Lust, dir ein bisschen Geld zu verdienen?"

„Was soll ich tun?", fragte der Junge vorsichtig.

„Ich brauche einen Führer, der sich in dieser Stadt auskennt. Glaubst du, dass du mir helfen kannst?"

„Ich bin hier geboren", erklärte der Junge. „Seid Ihr ein Khoganer?"

„Ja, das bin ich. Und jetzt hör gut zu: Wenn du tust, was ich dir sage, werde ich dich sehr gut bezahlen. Wenn du mich betrügst, wirst du furchtbare Probleme bekommen."

„Ich betrüge nie", behauptete der Junge schnell.

„Okay. Hier hast du ein wenig Geld, um dir eine Freude zu machen." Phillo drückte dem Jungen ein paar Münzen in die Hand. Beim Blick auf das Geld bekam der Knabe große Augen. „Als Erstes brauche ich eine Herberge, deren Wirt verschwiegen ist und nicht gleich der ganzen Nachbarschaft von seinen neuen Gästen erzählt. Kennst du so einen?"

„Natürlich", war die begeisterte Antwort. „Kommt mit!"

„Wir müssen noch zwei Freunde holen. Und auf dem Weg zur Herberge sollten wir nicht allzu vielen Leuten begegnen.“

Auf dem schmutzigen Gesicht des Jungen erschien ein Lächeln. „Kein Problem, Herr.“

Sanna war in tiefen Schlaf gefallen, als Phillo mit dem Jungen zurückkehrte. Alle Versuche, sie zu wecken, scheiterten. So hievte sich Phillo den erschlafften Körper der Freundin auf den Rücken und trug sie, während er und Jeans ihrem neuen Führer durch ein Gewirr gespenstisch leerer Gassen in das düsterste Viertel Bardalars folgten. Nachdem sie eine Viertelstunde gelaufen waren, blieb der Junge vor einem schmalen Haus stehen, an dessen Vorderseite ein Schild hing, dessen Farbe so stark abgeblättert war, dass man kaum noch etwas darauf erkennen konnte. Energisch hämmerte der Knabe gegen die schiefe Tür, bis ihnen schnaufend eine dicke Frau öffnete. Mit einer Öllampe leuchtete sie den Fremden entgegen.

„Was willst du hier?“, schnauzte sie den Jungen an und bemerkte erst dann Jeans und Phillo. „Wer ist das?“, fragte sie und blickte ängstlich zu der bewusstlosen Sanna auf Phillos Schulter.

„Das sind Gäste, Tante“, erklärte der Knabe stolz. „Sie brauchen eine anständige Bleibe, in der sie nicht gestört werden.“

„Haben sie Geld?“, fragte die Frau misstrauisch und versuchte unter ihre Kapuzen zu spähen. „Wenn nicht, sollen sie sich gefälligst ...“

„Wir haben Geld“, unterbrach Phillo sie ungeduldig, kramte in seinen Taschen und warf ihr eine Goldmark zu. Die Frau starrte die Münze an, biss hinein, und mit einem Mal erschien ein Lächeln auf ihrem teigigen Gesicht.

„Kommt herein, kommt nur“, bat sie die Freunde und wich zur Seite. Phillo stapfte an ihr vorbei in das düstere, stinkende Innere des Hauses. Er konnte im Schein der

Lampe nur ein paar Türen und eine steile Treppe erkennen, die nach oben führte.

„Ich werde euch meine besten Zimmer geben", versicherte die Frau und stapfte vor ihnen her die Stiegen hinauf. Jeans beobachtete gebannt den gewaltigen Hintern der Wirtin, und ihre Zweifel über die Stabilität der Treppe legten sich. Wenn die Stufen diese Person aushielten, konnten auch leichtere Menschen beruhigt hinaufsteigen.

Oben öffnete die Wirtin stolz zwei Türen und machte eine einladende Handbewegung. „Hier werdet ihr schlafen wie die Könige", versicherte sie eifrig.

Jeans lugte hinein, ließ ihren Blick über die Strohballen und die schimmeligen Wände gleiten, verglich das Ganze im Geist mit Larsons Prunkgemächern und schüttelte den Kopf. „Nein", widersprach sie. „Nein, das glaube ich nicht. Aber es ist trotzdem in Ordnung."

„Wir nehmen es", sagte Phillo, zwängte sich durch den niedrigen Türsturz und legte Sanna vorsichtig auf einem der Betten ab. „Aber wir schlafen alle hier in diesem Raum. Und bringt uns morgen früh etwas zu essen. Seid nicht sparsam, wir haben jetzt schon großen Hunger und werden gut zahlen."

„Hervorragende Idee", stimmte Jeans gähnend zu. „Aber bitte bringt uns etwas ... Gutes."

„Ihr werdet sehr zufrieden sein", versprach die Frau.

„Das bezweifle ich nicht", brummte Phillo. „Und Junge, wir brauchen dich morgen noch einmal. Am besten schläfst du vor unserer Kammertür und passt auf, ob jemand kommt. Ich will ruhig schlafen können." Er war einfach zu erschöpft, um noch höflich zu sein. Doch der Knabe nickte nur eifrig, schloss die Tür und kurze Zeit später hörte man ihn einen Strohsack vor die Tür schleifen. Noch einmal erschien die Wirtin, um ihnen einen großen Stapel Decken zu bringen, die überraschend frisch rochen.

„Glaubst du, dass wir hier sicher sind?“, fragte Jeans leise, sobald die Frau gegangen war.

„Wenn nicht, haben wir Pech gehabt“, erwiderte Phillo ruhig, zog seine nassen Sachen aus und hüllte sich in mehrere Decken. „Ich kann die Augen nicht mehr offen halten. Es macht sicher keinen Unterschied, ob mich jemand im Schlaf angreift oder in meinem jetzigen Zustand.“

„Hast Recht“, meinte Jean, wickelte auch Sanna in ein paar Decken und ließ sich dann selbst auf ihr Bett fallen. „Gute Nacht.“

„Gute Nacht“, murmelte Phillo noch, und schon im nächsten Moment schliefen beide tief und fest.

„Jetzt könntet ihr mich aber wirklich langsam hier rausholen“, sagte Art und spähte unbehaglich nach den grünen Augen, die in der Finsternis des Ganges vor ihm leuchteten. „Wir hatten unseren Spaß, und jetzt ist Schluss, in Ordnung?“

Als die Zuschauer über ihm keine Anstalten machten, ihm zu helfen, trat er direkt vor den Gang und packte das Gitter, dessen untere Spitzen immer noch ein wenig aus der Mauer ragten. Mit aller Kraft zerrte er daran. Vielleicht schaffte er es ja, das Ding wieder nach unten zu drücken, bevor das Biest ihn erreichte.

Seine Versuche wurden von den Leuten über ihm mit höhnischem Lachen belohnt. Wieder donnerte das grauenvolle Brüllen durch den Gang, und die Augen kamen immer näher.

„Verdammt, bewege dich, du Mistding!“, brüllte Art und rüttelte wie ein Wahnsinniger an dem Gitter. Schon konnte er einen massigen Körper erkennen, der sich langsam immer weiter auf ihn zuschob. „Ghoora, Platz!“, bellte er dem Monster entgegen. Bei Hunden hatten solche Befehle angeblich Erfolg, wenn man ihren

Namen nannte. Doch dieses Wesen hatte anscheinend kaum etwas mit einem Haushund gemeinsam ...

Ein letztes Mal rüttelte Art an dem Gitter, plötzlich knirschte es und krachte so heftig nach unten, dass Art beinahe seinen Fuß nicht mehr rechtzeitig hätte zurückziehen können. Mit einem Triumphschrei sprang Art von dem Gitter zurück, als ein riesiger Kiefer mit albtraumhaften Reißzähnen dagegenprallte und unter widerwärtigem Knirschen versuchte, sich durch die schweren Eisenstangen zu beißen.

„Ich hab es geschafft!", schrie Art begeistert und sah zu den Köpfen der Zuschauer hinauf. „Ihr könnt mich alle mal! Die Show ist gelaufen!"

Eine schwere Hand legte sich auf seine Schulter und zerrte ihn energisch durch die Tür hinaus. „In Ordnung, Affe", knurrte Wessim. „Da hast du noch mal Glück gehabt."

„Es tut mir Leid, wenn Ihr jetzt das Gitter reparieren müsst", sagte Art höhnisch. „Aber ich musste es kaputtmachen, sonst wäre mir am Ende noch etwas zugestoßen."

„Was redest du denn da?", fragte der Mann. „Deine Herrin hat es sich doch noch anders überlegt. Wenn es nach mir gegangen wäre, wäre das Gitter erst herabgelassen worden, nachdem du in Ghooras Magen gelandet wärst."

„Moment", rief Art verblüfft. „Ihr habt das Gitter runtergelassen?"

„Wer denn sonst?", knurrte Wessim.

„Hm, richtig, es schien merkwürdig leicht", erwiderte Art kleinlaut. „Na ja, ist auch egal. Könntet Ihr mich vielleicht ein bisschen sanfter anfassen? Ihr tut mir nämlich weh."

„Hier ist er", knurrte Wessim und schleuderte Art vor

Hralena auf den Boden. „Aber, *Mahoud-tash*, ich würde ihn töten lassen. Wenn ich mich nicht täusche, ist das Vieh nicht ganz so dumm, wie es uns glauben machen will."

Der Fürst sah ihn stirnrunzelnd an. „Wenn dieses Tier über einen normalen Verstand verfügt, wie Ihr sagt, seid Ihr dann nicht mehr in der Lage, für seine sichere Verwahrung zu bürgen?"

Wessim wollte etwas entgegnen, hielt dann aber inne und nickte knapp. „Ich werde dafür sorgen, dass es keinen weiteren Schaden anrichtet, *Mahoud-tash*", versprach er ruhig.

„Genau das hatte ich erwartet, mein treuer Freund", sagte Mahoud lächelnd und ging auf Hralena zu. „Ich werde Euch nun verlassen, meine Liebe", erklärte er und blieb wartend vor ihr stehen. Hralena sah zur Seite, kniete dann widerstrebend vor ihm nieder und senkte den Kopf.

„Ich wünsche Euch eine gute Nacht, mein Fürst", erwiderte sie leise.

„Auch Euch eine gute Nacht, Hralena", erwiderte Mahoud selbstzufrieden lächelnd, als er ihr einen Kuss auf das Haar drückte. „In Bälde werdet Ihr mich Euren Gemahl nennen." Damit wandte er sich ab und marschierte schwungvoll auf die Tür zu. Vor dem Gehen drehte er sich noch einmal um. „Wollt Ihr, dass ich für Euer Tier einen Käfig herrichten lasse?"

Art warf Hralena einen entsetzten Blick zu, doch sie schüttelte den Kopf. „Wenn er hier bei mir bleiben kann, wäre mir das ein großer Trost, mein Fürst", sagte sie bittend.

„Es sei gestattet", sagte Mahoud und verschwand. Wessim starrte Art durchdringend an, bevor er seinem Herrn folgte. Mit einem müden Wink entließ Hralena die beiden Dienerinnen.

„Das war knapp“, seufzte Art erleichtert, sobald sich die Tür geschlossen hatte und sie endlich allein waren. Auf einem Tisch entdeckte er verschiedene Schalen mit Brot, Früchten und einer rötlichen Reisspeise. Ohne jedes Zögern machte er sich darüber her. Hralena sah ihm eine Weile schweigend zu, bevor sie sich auf das Sofa zurückfallen ließ und leise zu weinen anfing. Kauend beobachtete Art, wie sie ihr Gesicht in den Kissen vergrub und sich zu einer Kugel zusammenrollte. Schließlich ging er zu ihr hinüber und setzte sich vorsichtig neben sie.

„Was ist denn los?“, fragte er mitfühlend. „Warum heulst du denn so?“

„Du verstehst es wirklich nicht, oder?“, schluchzte sie. „Stell dir doch nur mal vor, du müsstest diesen Widerling heiraten – und auch noch lächeln, weil du es versprochen hast.“

Stirnrunzelnd malte sich Art aus, wie er in einem weißen Brautkleid neben Mahoud feierlich auf einen Altar zumarschierte und unterdrückte ein Lachen. „Es wäre anders als bei dir, glaube ich“, meinte er trocken. „Aber warum heulst du denn jetzt schon? Immerhin sind meine Freunde unterwegs, um dich zu retten. Und bevor du nicht Ja gesagt hast, solltest du dir keine Sorgen machen, denke ich.“

Hralena schnaubte verächtlich. „Ich kann mir nicht vorstellen, dass deine Freunde rechtzeitig kommen. Und außerdem wäre ich mir nicht so sicher, ob ausgerechnet eine Khuzum den weiten Weg hierher macht, um mich zu retten.“

„Moment mal!“, rief Art empört und sprang auf. „Was soll das denn heißen? Bist du jetzt völlig meschugge?“

„Ich weiß nur, dass ...“, begann sie, brach dann aber ab und wischte sich mit den Händen übers Gesicht. „Es tut mir Leid“, fuhr sie schwer atmend fort, „aber du musst zugeben, dass es nicht besonders wahrscheinlich ist, dass sie mich noch retten können. Mahoud will mich heiraten, sobald alles vorbereitet ist. In einer Woche spätestens wird es so weit sein."

„Wenn sie gleich ein Schiff bekommen haben, könnten sie noch heute hier sein", beharrte Art.

„Und dann?", schrie Hralena verzweifelt. „Was wollen sie tun? An die Tür klopfen, uns unter den Arm klemmen und wegrennen? Dieser Palast wird von einer ganzen Armee bewacht!"

„Ich bin doch auch hier reingekommen."

„Und sofort haben sie dich geschnappt", schnauzte Hralena. „Wenn du nicht gewesen wärst, hätte ich Mahoud wenigstens nicht versprechen müssen, ihn gegen meinen Vater zu unterstützen! Du hast alles nur noch schlimmer gemacht!"

Art fuhr erschrocken zurück. „Ich wollte dir nur helfen", sagte er kleinlaut. Plötzlich wurde ihm klar, dass Hralena in diesem Punkt Recht hatte. Ohne ihn wäre sie vermutlich besser dran gewesen. „Aber ich danke dir, dass du mich gerettet hast", fügte er hinzu. „Ich verspreche dir, dass ich und meine Freunde dich vor diesem größenwahnsinnigen Spinner retten."

„Ein Versprechen zu geben, das man nicht halten kann, ist eine Todsünde", sagte Hralena leise und stand auf. „Ich gehe jetzt schlafen. Gute Nacht."

„Gute Nacht", flüsterte Art und sah ihr nach, bis sie die Tür des Schlafzimmers hinter sich geschlossen hatte. Dann machte er sich daran, die kunstvoll geschwungenen Gitter an den Fenstern des Gemachs genau zu untersuchen. Er würde Hralena hier herausholen, das hatte er sich geschworen.

Phillo fuhr hoch, als jemand zaghaft an die Tür klopfte. Jeans und Sanna schliefen noch. Obwohl gerade die ersten Sonnenstrahlen durch die Fensteröffnung drangen, war es bereits unerträglich heiß.

„Herein“, brummte Phillo, befreite sich aus seinen Decken und setzte sich auf. Die Tür ging auf, und die fette Wirtin trat ein, beladen mit einem riesigen, randvollen Tablett. Beim Anblick von Phillos Echsengestalt fuhr sie erschrocken zurück. Doch innerhalb von ein paar Sekunden hatte sie sich wieder gefangen und zwang sich zu einem Lächeln.

„Guten Morgen, Herr“, sagte sie und stellte das Tablett auf einem wackeligen Tischchen nahe dem Fenster ab. „Ich bringe euch euer Frühstück“, erklärte sie und musterte mit gerunzelter Stirn die schlafende Jeans.

„Guten Morgen“, grüßte Phillo und begann sich anzuziehen. „Ist etwas nicht in Ordnung?“, fragte er, da die Wirtin sich offensichtlich nicht von Jeans' Anblick losreißen konnte.

„Doch, doch“, versicherte sie hastig und wackelte wieder in Richtung der Tür. „Es ist nur so, dass ich noch nie einen Khoganer oder eine Khuzum beherbergt habe.“

„Aha“, brummte Phillo und betrachtete das Tablett. Da lagen zwei frische Brote, ein halber Schinken, ein Stück weißer Käse, mehrere geräucherte Fische, Obst und ein Haufen kleiner Teigbällchen, die Phillo noch nie gesehen hatte. „Das sieht gut aus“, stellte er lobend fest und machte sich daran, Jeans aufzuwecken.

„Ich habe an nichts gespart, wie Ihr befohlen habt, Herr“, beteuerte die Wirtin. „Den Rest bringe ich gleich.“

„Sehr gut“, lobte Phillo. So groß sein Hunger auch war, jetzt machte er sich nicht mehr die geringsten Sorgen. „Und sagt doch Eurem Neffen, dass wir seine Dienste benötigen. Er soll bitte herkommen.“

„Da bin ich, Herr“, rief der Junge, der anscheinend die ganze Zeit vor der Tür gestanden hatte. „Was soll ich tun?“

„Lass mich verdammt noch mal in Ruhe!“, forderte Jeans energisch, als Phillo sie immer heftiger an der Schulter rüttelte. „Ich will auch mal ausschlafen.“

Phillo ließ von ihr ab und wandte sich dem Jungen zu. „Vor zwei oder drei Tagen muss hier ein Zweimaster aus Peruga eingelaufen sein“, erklärte er. „An Bord war ein Mann mit einer Narbe auf der rechten Wange. Er hatte eine junge Frau mit dunklen Haaren, schwarzen Augen und dunkler Haut bei sich. Wir müssen wissen, wo er das Mädchen hingebracht hat.“

Der Junge nickte eifrig. „Ich werde es herausfinden, Herr. Ist das alles?“

Phillo dachte kurz nach. „Nein, nicht ganz“, meinte er, und reichte dem Jungen ein paar Münzen. „An Bord war auch ein Lherram – ein kleiner Affe, etwa hüfthoch, mit goldbraunem Pelz und großen, dunklen Augen. Er kann sprechen, auch wenn er nicht so aussieht. Sieh zu, ob du auch über ihn etwas herausfindest. Mit dem Geld kannst du die Leute mitteilsam machen. Was übrig bleibt, kannst du behalten. Und wenn dich jemand fragt, wer diese Informationen haben will, kannst du alles sagen, was dir einfällt, bloß nicht die Wahrheit, verstanden?“

„In Ordnung, Herr“, sagte der Knabe und rannte die Treppe hinunter, während die Wirtin ein weiteres Tablett mit Essen und einer riesigen Kanne voll kühlen Wassers brachte.

Sobald sie gegangen war, scheuchte Phillo die maulende Jeans endgültig aus dem Bett und kümmerte sich dann um Sanna. Der Schorf um ihre Augen und in ihrem Gesicht hatte sich in der Nacht fast völlig abgeschält, und sie atmete tief und regelmäßig. Zwar war ihre Stirn ein wenig feucht, aber das schien bei dieser Hitze nicht besonders erstaunlich.

„Sanna?“, rief Phillo und rüttelte sie vorsichtig an der Schulter. „Hörst du mich?“

„Was ist los mit ihr?“, fragte Jeans gähnend, die halb angezogen hinter Phillo stand und über seine Schulter lugte.

„Sie will nicht aufwachen“, meinte er besorgt und schüttelte das Mädchen etwas heftiger. „Sanna, genug geschlafen!“

„Hrmpf, geh weg!“, brummte Sanna und drehte sich zur Wand.

„In Ordnung“, seufzte Jeans erleichtert und begutachtete das Essen auf dem Tisch. „Alles wieder normal. Das Geräusch kenne ich. Du musst jetzt noch ungefähr eine halbe Stunde auf sie einreden, und schon steht sie auf.“

„Was hat sie eigentlich angestellt?“, fragte Phillo und gesellte sich zu Jeans an den Tisch. „Gestern hast du irgendeinen Unsinn von einem explodierenden Brandeisen erzählt.“

„Das war kein Unsinn“, meinte Jeans und biss vorsichtig in ein Stück Käse. „Das Ding ist echt hochgegangen wie ein Knallfrosch. Ich lag ja direkt darunter.“

„Und dir ist nichts passiert?“

„Überhaupt nichts. Komisch, oder? Über mir stehen drei Typen, und jeder von ihnen bekommt glühende Splitter ins Gesicht. Nur ich komme völlig ungeschoren weg, obwohl ich am nähesten dran bin“, berichtete Jeans mit gerunzelter Stirn und schnitt eine dicke Schinkenscheibe ab. „Sanna besitzt in dieser Welt offensichtlich magische Fähigkeiten und gewaltige Energien. Ich wüsste gerne, ob sie irgendwann lernt, diese Kräfte zu kontrollieren.“

„Darüber müsste man sich mal mit Ulrik unterhalten“, meinte Phillo. „Oder mit jemandem von ihrem Volk.“

„Könnte beides ein bisschen schwierig sein“, gab Jeans zu bedenken. „Aber jetzt weck sie doch endlich auf, damit wir uns vergewissern können, dass ihr wirklich nichts fehlt.“

„Wieso machst du das nicht?“, brummte Phillo. „Ich habe schließlich schon dich geweckt.“

„Dann hast du ja schon Übung“, erwiderte Jeans trocken. „Ich muss erst mal was essen, also mach hin. Ist doch auch deine Freundin, oder?“

Stöhnend machte Phillo sich ans Werk, und nach einer Viertelstunde richtete sich Sanna langsam auf.

„Wie geht's dir?“, fragte Jeans kauend.

„Ich hab Kopfschmerzen“, maulte die Freundin.

„Du solltest was trinken“, schlug Jeans vor. „Ich kann mir vorstellen, dass du vor allem unter Flüssigkeitsmangel leidest. Ist ja ziemlich warm hier.“

„Von wegen warm“, schnaubte Sanna, wischte sich den Schweiß vom Gesicht und näherte sich schwankend dem Tisch. „Ich bin schon ganz weich gekocht.“

„Allerdings“, stimmte Phillo ihr zu. „Ich will gar nicht wissen, wie heiß es hier mittags wird.“

Jeans sah die beiden erstaunt an. Ihr konnte es gar nicht heiß genug sein. Tatsächlich fühlte sie sich prächtig in der trockenen Hitze. Wenn sie nicht in solchen Schwierigkeiten gesteckt hätten, hätte sie sich in diesem Land pudelwohl gefühlt.

Tatsächlich ließ Sannas Kopfweh nach einiger Zeit schon ein wenig nach. Während des Frühstücks berichteten sie sich gegenseitig noch einmal genau, was sie erlebt hatten. Phillo schwor sich insgeheim, den beiden Händlern ihre Niedertracht heimzuzahlen, sollten sie ihnen noch einmal begegnen.

Leider konnte Sanna immer noch nicht sagen, wie sie die Händler unten im Keller matt gesetzt hatte. Sie erinnerte sich nur an ihre unbändige Wut und ihre Furcht und wie plötzlich ihr Bewusstsein von einem gleißenden Licht erfüllt gewesen war. Das Nächste, an das sie sich erinnerte, waren das Zusammentreffen mit Phillo in der kleinen Gasse und ihre grausigen Kopfschmerzen.

Kaum hatten die Freunde ihr Frühstück beendet, klopfte es auch schon, und ihr „Späher“ polterte herein.

„Also, was hast du herausgefunden?“, fragte Sanna, der Phillo von seinem Plan berichtet hatte. „Wohin ist der Narbenmann gegangen?“

„Das konnte mir niemand genau sagen“, platzte der Junge heraus. „Aber ich weiß, wer er ist: Er heißt Wessim al'Khitai und ist der persönliche Vertraute von Fürst Mahoud.“

„Hm“, brummte Jeans. „Und wer ist dieser Fürst Mahoud?“

„Ihm gehört das ganze Land südöstlich der Stadt“, erklärte der Junge, verwundert über ihre Unwissenheit. „Er wird bestimmt der nächste König, auch wenn ihn der regierende Herrscher nicht mag. Es heißt, dass er sehr großzügig und nett ist.“

„Das hört sich ja toll an“, meinte Sanna bitter. „Und was ist mit Art? Mit dem Lherram, meine ich.“

„Den hat kein Mensch gesehen“, erwiderte der Knabe. „Aber dieser Wessim ist mitten in der Nacht nach Osten weitergezogen, gleich nachdem das Schiff angelegt hatte. Er muss entweder nach Rhisra oder zum Palast von Fürst Mahoud gereist sein.“

„Was ist Rhisra?“

„Eine Stadt am Ufer des Salzstromes, weit im Osten. Aber der Weg dorthin führt fast am Palast von Fürst Mahoud vorbei, also kann man es nicht genau sagen, wohin sie wollten.“

„Das Mädchen hat auch keiner gesehen, nehme ich an?“, hakte Phillo nach, und der Junge schüttelte traurig den Kopf.

„Scheint so, als müssten wir nach Osten weiterziehen“, stellte Jeans fest und sah ihre beiden Freunde an, die zustimmend nickten. „Wie kommen wir am besten dorthin?“

8

„Wenn ihr es eilig habt, sollten wir zu Pferd reisen", dachte der Mann laut nach und schenkte allen einen Becher Pfefferminztee ein. „Das heißt allerdings, dass wir kein Gepäck mitnehmen können, weil wir die Tiere mit Wasser beladen müssen."

Sanna zuckte die Schultern. „Das ist egal", meinte sie. „Wir haben nichts mitzuschleppen."

„Habt ihr denn Geld genug, um Pferde zu kaufen?" Der Mann sah sie mit seinem linken Auge an. Das andere war wie von einer milchigen Schicht überzogen und offensichtlich blind. Jeans und Phillo musterten ihrerseits den knochigen kleinen Mann in dem fleckigen Gewand. Sie saßen in einem winzigen Hinterhof unter einer Plane, die die Sonne abhielt.

Der Junge hatte die drei Freunde auf Geheiß seiner Tante hierher gebracht. „Assid kann euch sicherlich helfen", hatte sie erklärt. „Er wird euch nach Rhisra bringen, wenn ihr ihn ausreichend bezahlt. Und er hat einige Erfahrung darin, Menschen aus der Stadt zu bringen, die nicht gesehen werden dürfen."

„Geld sollte kein Problem sein", meinte Phillo nur. „Nur kann ich nicht reiten. Pferde haben solche Angst vor mir, dass sie mich sofort abwerfen. Die einzige Möglichkeit ist, dass ich hinter einem guten Reiter sitze, der das Tier im Zaum hält."

Assid verzog das Gesicht. „Seid Ihr Euch sicher, dass das auch funktioniert?" Phillo nickte. „Gut, dann werdet Ihr bei mir mitreiten. Wir nehmen ein Ersatztier mit, auf das wir umsteigen können, wenn das erste erschöpft ist."

„In Ordnung“, erwiderte Phillo erleichtert. „Was verlangt Ihr für die Pferde und Eure Dienste?“

Assid rieb sich die Stirn. „Da ihr gute Pferde brauchen werdet, wird Euch der ganze Spaß fünfzig Goldmark kosten.“ Sein Auge wanderte lauernd von einem zum anderen.

„Auch wenn das zu viel ist, werden wir zahlen“, sagte Jeans möglichst selbstsicher. „Ihr bekommt zwanzig Goldmark jetzt, den Rest bei unserer Ankunft.“

„Ich muss die Pferde kaufen. Vierzig jetzt, den Rest nach Ankunft.“

Phillo runzelte die Stirn. „Dreißig müssen reichen“, sagte er.

Assid nickte nur. „Das ist ein gutes Angebot. Wir werden heute Abend aufbrechen. Ich muss vorher noch einiges vorbereiten.“ Er sah Jeans unbewegt an, während Phillo dreißig Goldmünzen auf den Tisch zählte. „Was wollt ihr in Rhisra?“

„Das ist unsere Sache“, sagte Sanna lächelnd. „Bringt uns nur dorthin.“

„Das tue ich gerne“, nickte Assid ruhig und strich das Geld ein. „Es würde mich nur interessieren, ob ihr vielleicht etwas von dem Khoganer, der Khuzum und der blauäugigen Schönheit wisst, die seit einer Stunde in der ganzen Stadt gesucht werden.“

„Verdammt!“, entfuhr es Phillo. „Wer sucht uns?“

„Das weiß ich auch nicht. Aber es ist ein hoher Preis auf Euren Kopf ausgesetzt worden. Man sagt, dass die fetten Lhurdal-Brüder etwas damit zu tun haben.“

„Diese Mistkerle!“, knurrte Jeans. „In Ordnung, Assid. Was ratet Ihr uns?“

„Bleibt heute bei mir. Ich werde sehen, wie ich euch aus Bardalar herausbekomme, ohne Aufmerksamkeit zu erregen. Ihr solltet von nun an jedoch keinen Fuß mehr auf die Straße setzen.“ Er trank einen Schluck und stand auf. „Und an eurer Stelle würde ich den Jungen beauftragen, seinen Freunden zu erzählen, dass er euch heute Morgen in einem anderen Stadtteil gesehen hätte“, meinte er mit einem schlauen Zwinkern und verschwand.

Die Freunde warfen einander besorgte Blicke zu. Dass ein Kopfgeld auf sie ausgesetzt war, schien mehr als bedrohlich.

„Du hast es gehört“, sagte Sanna schließlich zu dem Knaben. „Glaubst du, dass du diesen Auftrag ausführen kannst?“

Er nickte begeistert. „Natürlich, Herrin. Ich bin in einer Stunde wieder zurück.“ Mit diesen Worten eilte er davon und ließ die drei Freunde allein an dem niedrigen Tischchen zurück.

„Was haltet ihr von diesem Assid?“, fragte Jeans stirnrunzelnd. „Komischer Typ, oder? Ich finde ihn nicht besonders Vertrauen erweckend. Wie der mich vorhin angesehen hat – unangenehm.“

„Anscheinend wissen die Leute in der Stadt etwas über dein Volk“, vermutete Sanna. „Die Händler haben gesagt, dass eine Khuzum ihnen zu widerspenstig wäre. Und hast du bemerkt, wie dich die Leute auf der Straße angesehen haben?“

„Natürlich“, nickte Jeans. „Aber Phillo sehen sie auch so an.“

„Das stimmt nicht. Wenn sie ihn sehen, wirken sie neugierig, genau wie die Leute in Khormuth. Aber bei dir scheint noch etwas mehr dahinter zu stecken.“

„Es ist nur so verdammt schwierig, etwas über unsere Identität herauszufinden, ohne noch mehr Misstrauen zu erregen“, warf Phillo ein. „Ich hatte Glück, dass ich Zhisstar getroffen habe. Aber nicht mal der hat meine Geschichte von dem Gedächtnisverlust geglaubt.“

„Eben“, meinte Jeans. „Wen soll ich denn fragen, wer ich wirklich bin?“

„Wir könnten den Jungen fragen, bevor wir abreisen“, schlug Sanna vor. „Dann ist es egal, was er von uns denkt, weil wir ihn nicht mehr wieder sehen. Und er scheint keine Angst vor dir zu haben.“

Jeans lachte gequält. „Ich weiß jetzt schon, wie idiotisch ich mir vorkommen werde.“

„Du kannst es auch bleiben lassen“, meinte Phillo. „Aber es könnte uns helfen, wenn wir wissen, wer du wirklich bist.“

„Okay, okay, ich mach es ja“, brummte Jeans.

Sie verbrachten den quälend heißen Nachmittag damit, im Schatten der Plane zu dösen, bis schließlich am frühen Abend Assid wiederkam. Er trug schwere Stiefel, ein schwarzes Gewand, und an seinem Gürtel baumelte ein Krummschwert.

„Wir müssen aufbrechen“, sagte er ohne Umschweife. „Ich habe einen Freund beauftragt, uns die Pferde mit Proviant bereitzustellen, er wartet vor dem Haus. Wenn wir jetzt gehen, kommen wir noch vor dem Wachwechsel am Südtor an. Bis Sonnenuntergang hat dort ein alter Freund von mir das Kommando. Er wird uns keine Schwierigkeiten machen. Habt ihr alles bei euch, was ihr braucht? Gut, dann kommt.“

„Was ist mit dem Jungen?“, fragte Phillo besorgt.

„Ich habe keine Ahnung“, meinte Assid schulterzuckend. „Vielleicht ist ihm etwas zugestoßen.“

„Sehr beruhigend“, erwiderte Jeans und zog eine Grimasse. „Na gut, gehen wir.“

Mit tief in die Stirn gezogenen Kapuzen traten sie in die kleine Gasse hinaus, wo ein junger Mann mit vier Pferden wartete. Die Tiere schnaubten ängstlich, als sie Phillo witterten.

„Ihr hattet Recht“, brummte Assid. „Nun gut, sucht euch ein Tier aus. Ich brauche den Grauen und den Schimmel für mich und Euren Freund hier.“

Jeans und Sanna betrachteten die beiden anderen Pferde. Jeans stieg auf einen braunen Wallach, während Sanna sich in den Sattel einer Fuchsstute schwang. Der Graue wieherte ängstlich, als Phillo sich hinter ihren Führer setzte, doch Assid behielt das Tier mit strengem Griff unter Kontrolle.

„Das wird ein anstrengender Ritt“, erklärte er und schnalzte mit der Zunge.

Sie ritten in flottem Tempo durch ein Gewirr kleiner Gassen, bis plötzlich die Stadtmauer vor ihnen aufragte. Die Wachen auf den Zinnen sahen gelangweilt zu ihnen hinunter, während sie der Mauer bis zum Südtor folgten. Bei dem Tor standen mehrere Soldaten herum, die aus ihrer Trägheit erwachten, als sie sich ihnen näherten. Der Anführer der Wachen hob grüßend die Hand, als er Assid erkannte.

„Schön, dich zu sehen, mein Freund“, rief er und kam ihnen ein paar Schritte entgegen. „Dein Weg führt dich mal wieder nach Osten, nehme ich an.“

„Der Herr will, dass wir unser spärliches Mahl durch harte Arbeit verdienen“, erwiderte Assid lachend und drückte dem Soldaten einen kleinen Lederbeutel in die Hand. „Wie geht es dir?“

„Meine Kinder müssten hungern, wenn der Herr mir nicht bisweilen ein Geschenk machte“, erwiderte der Mann. „Ich wünsche dir eine gute Reise. Möge Gott seine Hand schützend über dich halten.“

„Und über dich, Freund“, gab Assid zurück und durchquerte zügig das breite Tor, das aus Bardalar herausführte. Eine Weile ritten sie an der Küste entlang nach Süden, bis sie außer Sichtweite der Stadt waren. Dann schwenkten sie nach Osten und galoppierten der Nacht entgegen, die den blauen Himmel bereits schwarz zu färben begann und der Sonne in den Westen nacheilte.

Zwei Stunden später hatten sie den spärlich bewachsenen Küstenstreifen hinter sich gelassen und die Wüste erreicht. Sobald sie ein gutes Stück weit gekommen waren, schlug Assid ein gemächlicheres Tempo an, und sie ritten in leichtem Trab über die Sandfläche, die sich vor ihnen bis zum Horizont erstreckte.

„In etwa drei Stunden werden wir eine Raststätte erreichen", erklärte Assid. „Dort bekommen die Tiere Wasser, und wir können ein bisschen schlafen."

„Ist das die einzige Rastmöglichkeit auf dem Weg nach Osten?", fragte Sanna hoffnungsvoll.

„Wenn man von Bardalar aus reitet, dann ja", nickte ihr Führer. „Sie hat einen Brunnen und ist die letzte Gelegenheit, noch einmal Wasser aufzunehmen, bevor man Rhisra erreicht."

„Dann müssen sie dort durchgekommen sein", rief Jeans. „Vielleicht erfahren wir da endlich etwas über Art."

„Ihr verfolgt jemanden?", fragte Assid stirnrunzelnd.

„Wir suchen jemanden", stellte Phillo richtig. „Einen Freund, der einen Tag vor uns in Bardalar angekommen ist. Er ist anscheinend sofort weitergezogen."

„Wollt ihr mir auch sagen, wer dieser Freund ist?"

„Ein Lherram namens Art", meinte Sanna vorsichtig. „Er sieht aus wie ein Affe", erklärte sie, als Assid ihr einen verständnislosen Blick zuwarf.

„Dann wird er bei den Frauen nicht viel Glück haben", vermutete ihr Führer.

„Er sieht tatsächlich aus wie ein echter Affe", sagte Phillo. „Er reicht mir bis zur Hüfte, und sein ganzer Körper ist von Fell bedeckt. Aber er kann sprechen und ist genauso intelligent wie wir."

„Du sprichst nur für dich", warf Jeans ein.

„Von so einem Wesen habe ich noch nie gehört", meinte Assid. „Was will es in Rhisra?"

„Es wäre zu kompliziert, das zu erklären“, erwiderte Sanna freundlich, und Assid nickte gleichgültig. Offenbar hatte er nicht vor, mit weiteren Fragen in sie zu dringen.

Die Landschaft, durch die sie ritten, schien wie verzaubert. Vor ihnen erstreckte sich wie ein riesiges gewelltes Tuch die Wüste, und über ihnen wölbte sich tiefschwarz und von abertausenden hell leuchtenden Sternen besprenkelt der Nachthimmel. Das einzig hörbare Geräusch war das gedämpfte Stapfen der Pferde, und die drei Freunde trauten sich schließlich kaum noch zu sprechen, weil sie die wunderbare Stille nicht stören wollten. Schweigend trotteten sie dahin, und lange bevor die Sonne über den Horizont geklettert war, tauchte vor ihnen im Schatten eines Hügels der schwarze Umriss eines weitläufigen Anwesens auf.

„Das ist die Raststätte“, erklärte Assid. „Wir waren sogar ein wenig schneller, als ich gedacht hätte. Vermutlich schläft dort noch alles, wenn wir ankommen.“

„Ich schlafe auch gleich ein“, nörgelte Jeans und gähnte. „Mann, ich hoffe, die haben dort anständige Betten!“

„Ihr werdet zufrieden sein“, meinte Assid. „Die Raststätte ist auch auf wohlhabende Gäste eingerichtet. Und übrigens solltet ihr eure Kapuzen überziehen. Hier draußen ist man ein wenig misstrauisch gegenüber fremdartigen Wesen.“ Dabei sah er Jeans durchdringend an.

Sobald sie angekommen waren, sprang Assid aus dem Sattel und pochte heftig mit der Faust gegen das große Tor. Nach kurzer Zeit spähte ein Mann über die Mauer.

„Wer seid Ihr?“, fragte er müde.

„Ich bin’s, Assid“, rief ihr Führer. „Ich bringe euch Gäste, die ein Lager und etwas zu essen brauchen.“

„Da werdet Ihr kein Glück haben, fürchte ich“, brummte der Mann und verschwand. Eine Minute später öffnete er das Tor und ließ sie in den Hof, in dem mehr als dreißig Kamele lagen und schliefen. „Es tut mir Leid, Assid. Gestern Abend ist eine Karawane aus dem Osten angekommen, und alle Zimmer sind belegt“, erklärte er bedauernd und schob den gewaltigen Riegel wieder vor.

„Das gibt’s doch nicht“, stöhnte Jeans, während Assid ihre Pferde zur Tränke führte. „Habt Ihr nicht irgendwo ein Bett herumstehen, das noch frei ist?“

Der Mann deutete auf einen Schuppen. „Ihr könntet Euch ins Heu legen“, schlug er vor. „Mehr kann ich euch nicht bieten, es tut mir Leid.“

„Hauptsache schlafen“, stellte Phillo fest. „Was soll’s? Besser, als auf dem nackten Boden zu liegen.“

„Ein Bett wäre zu schön gewesen“, maulte Sanna. „Na gut, wenn es nicht anders geht. Aber ich werde nicht besonders gut schlafen, und dann wird es sicher nicht leicht, mich zu wecken“, warnte sie die anderen.

„Wundervolle Aussichten!“, meinte Phillo lachend. „Am besten, wir lassen dich morgen einfach hier zurück.“

„Aber seid leise, wenn ihr aufsteht“, gähnte Sanna. „Gehen wir?“

Assid wandte sich noch einmal an den Mann. „Kannst du uns in fünf Stunden wecken, Harim? Wir wollen möglichst bald weiter nach Osten. Und sieh doch zu, dass ein gutes Essen für uns bereit ist, wenn wir aufstehen. Lebensmittel habt Ihr noch, oder?“

„Das ist kein Problem“, entgegnete der Mann schmunzelnd. „Eine gute Nacht euch allen.“

„Gute Nacht“, erwiderten die Freunde und marschierten zu dem Schuppen, wo sie sich erschöpft ins Heu fallen ließen.

„Vielleicht weiß hier jemand etwas von eurem Affenfreund“, meinte Assid und drückte sich eine Mulde in das Heu. „Ihr solltet morgen fragen.“

„Das werden wir bestimmt“, flüsterte Sanna mit

schläfriger Stimme und rollte sich zusammen. „Wenigstens ist Art so auffällig, dass sich jeder, der ihn gesehen hat, an ihn erinnert."

„Und erst recht, wenn er mit ihm gesprochen hat", fügte Jeans leise hinzu. „Wir müssen auch nach diesem Typen mit der Narbe fragen – wie war der Name noch mal?"

„Wessim al'Khitai", brummte Phillo.

„Al'Khitai?", fragte Assid scharf und richtete sich auf. „Der Kommandant von Fürst Mahoud?"

Die Freunde schwiegen erschrocken. In ihrer Müdigkeit hatten sie sich offensichtlich verplappert.

„Ja, genau der", gab Sanna schließlich zu.

„Was habt ihr oder euer Freund mit ihm zu schaffen?"

„Es kann sein, dass unser Freund in seiner Begleitung unterwegs ist", meinte Phillo ruhig.

Assid setzte sich auf und sah die Kinder stirnrunzelnd mit seinem gesunden Auge an. „Wenn ihr oder euer Freund von Fürst Mahoud verfolgt werdet, solltet ihr mir dies sagen", sagte er langsam. „Denn in dieser Gegend gibt es keinen Mann, der mächtiger ist als Mahoud. Und ich habe nicht vor, mir seine Feindschaft zuzuziehen."

„Wir werden nicht verfolgt", entgegnete Jeans knapp. „Ihr müsst Euch keine Sorgen machen."

Eine Weile musterte Assid sie, legte sich dann aber wieder hin. „Morgen werden wir weitersehen", entschied er. Die anderen legten sich ebenfalls wieder hin, obwohl sie sich am liebsten sofort beraten hätten. Aber wenn sie jetzt noch einmal hinausgegangen wären, hätte das für ihren Führer doch zu seltsam ausgesehen. Und so hingen sie alle still ihren Gedanken nach, bis die Müdigkeit sie übermannte.

Lautes Gebrüll riss Phillo aus dem Schlaf. Er schreckte hoch und sah sich hektisch um. Neben ihm lagen Jeans und Sanna und schliefen friedlich, während Assid bereits aufgestanden war. Gähnend kroch Phillo aus dem Stroh und trat auf den Hof hinaus.

Die Sonne blinzelte gerade erst über den Horizont, dennoch war es bereits spürbar wärmer als in der Nacht. Ächzend streckte er sich und beobachtete die Quelle des Lärms, der ihn aufgeweckt hatte. Offensichtlich hatte eines der Kamele dagegen protestiert, wieder weitergehen zu müssen, denn die Tiere standen voll beladen im Hof herum und wurden von ihren Treibern zum offenen Tor gescheucht.

Assid kam zwischen den Tieren hindurch auf ihn zu. „Guten Morgen“, begrüßte er Phillo. „Die Karawane bricht auch schon auf. Wir sollten Eure Gefährtinnen wecken.“

„Hätten die nicht einen Tag früher gehen können!“, brummte Phillo missmutig. „Dann wäre uns eine Nacht im Stroh erspart geblieben.“

Assid zuckte die Schultern. „Dafür habt Ihr eine Menge Geld gespart“, gab er zu bedenken. „Und wesentlich besser als das Stroh sind die Betten hier auch nicht.“

„Na dann“, gähnte Phillo. „Hat der Wirt ein Mahl für uns vorbereitet?“

„Es ist alles da, was wir uns wünschen können“, versicherte Assid ihm. „Wollt Ihr nun Eure Frauen wecken, damit wir ...“ Er unterbrach sich, als ein Mann schreiend über den Hof auf das Hauptgebäude zurannte. „Was ist jetzt los?“, knurrte er, während die Kameltreiber ihre Tiere plötzlich unter heftigen Stockschlägen wieder in den Hof zurückdrängten.

„Sehen wir nach“, schlug Phillo vor und lief auf das Tor zu. Sobald die Kamele ihn witterten, verstärkte sich ihre Unruhe. Einer der Treiber wurde von seinem Tier einfach umgeworfen und drohte, unter die tellergroßen Hufe eines anderen Kamels zu geraten. Sofort sprang

Phillo zu dem Mann hin und zerrte ihn mit einem heftigen Ruck auf die Beine.

„Alles in Ordnung?“, fragte er den Treiber, der entsetzt in seine gelben Augen hinaufstarrte.

„Bei Gott, wer seid Ihr?“, flüsterte er schreckensbleich, doch dann wanderte sein Blick wieder zum Tor, in dem sich immer noch die letzten Kamele drängten.

„Was ist denn da los?“, knurrte Phillo, ließ den Mann stehen und hetzte weiter. Doch auf halbem Weg kam ihm Assid entgegen, der ins Gelände hinausgespäht hatte.

„Die Freunde Eurer Gefährtin greifen uns an!“, schnaubte er, zückte sein Krummschwert und lief mit Riesenschritten auf den Schuppen zu, in dem Sanna und Jeans schliefen. „Zur Hölle, ich hätte gedacht, dass diese Zeiten vorbei sind! Macht nicht den Fehler, mir in den Weg zu geraten, Khoganer!“

„Was habt Ihr vor?“, fragte Phillo. Seine Gedanken rasten, und als er eine Leiter sah, die neben dem Tor an der Mauer lehnte, rannte er kurz entschlossen darauf zu und kletterte hinauf. Ein Keuchen entfuhr ihm, als er sah, wovor die Treiber mit ihren Kamelen flüchteten.

Über den Hügel, der sich hinter der Raststätte erhob, ergoss sich eine Flut der seltsamsten und unheimlichsten Reittiere, die er je gesehen hatte. Es waren gewaltige, grün schimmernde Echsen, keine kürzer als vier Meter. Auf diesen Tieren saßen in großen Sätteln Männer und Frauen, die Schwerter und Lanzen mit schwarzen Klingen in den Händen hielten und unter lautem Kampfgeschrei auf die Raststätte zuritten.

Doch was Phillo erstarren ließ, waren die feuerroten, langen Haare der Angreifer, und die schwarzen Tätowierungen auf ihrer Haut. Sie wurden von den Khuzum angegriffen – von Jeans’ Volk.

Einen Augenblick lang verfolgte er atemlos, mit welcher Leichtigkeit die Echsenreiter die Entfernung zu der

Anlage zurücklegten. Die ersten unter ihnen hatten das Tor erreicht, bevor die Kameltreiber es schließen konnten. Mit siegessicherem Gebrüll lenkten die Khuzum ihre Echsen hinter den nun panisch flüchtenden Kamelen her in den Hof hinein und streckten mit ihren schwarzen Klingen ohne zu zögern drei der Treiber nieder.

Endlich löste sich Phillo aus seiner Erstarrung und sprang von der Leiter herunter, während aus der Gaststätte Männer mit Schwertern und Bogen stürmten, die sich den Khuzum entgegenstellten. Er musste zusehen, dass er die Mädchen in Sicherheit brachte!

„Sanna! Jeans!", brüllte er und rannte wie von Furien gehetzt auf den Schuppen zu. „Wacht auf! Wir werden angegriffen!"

Noch etwa zehn Meter trennten ihn von dem Schuppen, als dessen Tor aufging und die Mädchen mit Assid heraustraten. Phillo wäre fast gestolpert vor Schreck, als er sah, dass Assid Jeans' Hüfte mit dem linken Arm umklammert hielt und die Klinge seines Krummschwerts gegen ihren Hals drückte.

„Bleibt stehen, Khoganer!", brüllte Assid. „Ich werde sie ohne zu zögern töten, wenn Ihr mir zu nahe kommt! Bleibt stehen!"

Unbändige Wut stieg in Phillo auf beim Anblick von Jeans' verängstigtem Gesicht. Dennoch musste er vor Nervosität auflachen, als Sanna trotz der hochgefährlichen Situation ein Gähnen nicht unterdrücken konnte. Assid verstand sein Lachen völlig falsch.

„Verdammt, ich meine es ernst!", brüllte er wütend, und Phillo erkannte, dass der Mann sich bei weitem nicht so sicher war, wie er tat. „Dann bringt sie doch um, wenn Ihr es wagt!", rief er und sah sich nach den Khuzum um. Die Echsenreiter hatten mittlerweile eine Schneise in die Reihen der Verteidiger gerissen. Mehrere Männer lagen tot auf dem Boden oder wälzten sich stöhnend im Sand. „Was meinst du, werden sie mit dir machen, wenn du eine ihrer Schwestern vor ihren Augen tötest?“

Jeans und Sanna blickten entsetzt um sich, als sie endlich verstanden, was hier vor sich ging.

„Das sind Khuzum!“, rief Sanna und starrte ungläubig zu den Kämpfenden hinüber. „Jeans, das sind deine Leute!“

Assid warf ihr einen ungläubigen Blick zu. „Was soll das heißen?“, schrie er völlig fassungslos. „Ihr wusstet doch davon, zur Hölle!“

„Ich hatte keine Ahnung!“, kreischte Jeans. „Verdammt, Phillo, was ist hier los?“

„Dein Volk überfällt die Herberge“, sagte Phillo hilflos.

In diesem Moment war der Kampf auch schon entschieden. Die letzten lebenden Verteidiger rannten unter gellenden Hilfeschreien zurück zum Hauptgebäude und versuchten, sich darin zu verschanzen. Doch einer der Khuzum lenkte seine Echse einfach gegen die Tür, und das Tier brach das dicke Holz mit seiner Schnauze ein wie eine Pappwand.

Zwei der Reiter schwenkten zur Seite aus und preschten auf die Freunde zu. Sie schwangen angriffsbereit ihre Waffen, und Phillo hob abwehrend die Arme. Wenige Meter vor ihnen brachten sie die Tiere zum Stehen und stießen einen Schrei der Verwunderung aus.

„Wer seid Ihr?“, brüllte der eine. Sein Gesicht war zu einem bösen Grinsen verzerrt.

„Wir sind Freunde!“, rief Sanna rasch und wandte sich an Jeans. „Das hier ist deine Sache, glaube ich.“

„Was soll ich denn bitte machen?“, schrie Jeans wütend. „Verdammt, Assid, lasst mich los! Wenn Ihr mir jetzt etwas antut, seid Ihr doch verloren!“

„Was schert mich das?“, knurrte ihr Führer. „Mich

kann nichts mehr retten! Wenigstens nehme ich dich mit mir!“

„Lass sie los, *Parthak*!“, befahl der eine Khuzum und sprang mit gezücktem Schwert von seiner Echse. „Ich schwöre dir, wenn du der Frau ein Leid zufügst, wirst du Qualen erleiden, die du dir nicht vorstellen kannst!“

„Werdet ihr mich leben lassen?“, fragte Assid mit erzwungener Ruhe, doch sein gesundes Auge zuckte. „Ich gebe die Frau frei, wenn Ihr mir schwört, mich laufen zu lassen.“

Jeans starrte die beiden Männer fasziniert an. Unter ihrer rotschwarzen Haut wölbten sich gewaltige Muskeln, und außer einem Lendenschurz trugen sie nur ihre Waffen aus schwarzem Metall.

Irgendwie hatte sie keine Lust, sich von diesen Männern befreien zu lassen. Sie wollte bei der ersten Begegnung mit Menschen ihres Volkes nicht so erbärmlich aussehen. Einen Moment lang dachte sie nach und erinnerte sich dann an Assids blindes Auge. Sie griff nach seiner rechten Hand, die das Schwert hielt. Er konnte diesen Überraschungsangriff wegen seiner Behinderung nicht schnell genug erkennen und stieß einen überraschten Schrei aus, als Jeans die Klinge ein Stück weit von ihrem Hals wegdrückte. Bevor er die Waffe wieder heranziehen konnte, versetzte Jeans ihm mit dem linken Ellenbogen einen gewaltigen Schwinger in den Magen.

Assid gab ein Stöhnen von sich und ließ sie los. Sofort sprang Jeans außer Reichweite, und Phillo stürzte sich mit einem dumpfen Knurren auf ihn. Bevor er den Mann erreicht hatte, sauste ein schwarzes Schwert an seinem Kopf vorbei. Die Waffe bohrte sich mit einem dumpfen Schlag tief in die Brust ihres Führers, und er wurde nach hinten geschleudert. Reglos blieb er im Sand liegen.

Jeans sank zitternd in die Knie, während die Freunde zu ihr hinstürzten und sie umarmten.

„Alles in Ordnung?“, fragte Sanna besorgt und schüttelte sie sanft.

„Alles okay“, flüsterte Jeans schwach und starrte Assids Leichnam an. „Dieser verfluchte Mistkerl! Was denkt der Typ, wer er ist?“

„Ich glaube nicht, dass er noch besonders viel denkt“, vermutete Phillo stirnrunzelnd und musterte grimmig den Khuzum, dessen Schwert ihn eben nur um Haaresbreite verfehlt hatte. „Das war ’ne ziemlich starke Aktion eben.“

„Danke, gern geschehen“, ächzte Jeans, stand wackelig wieder auf und wandte sich an den Khuzum, der gerade sein Schwert aus Assids Körper zog. Der Mann wischte die Klinge an den Kleidern des Toten ab, trat auf die Freunde zu und grinste Phillo wölfisch an.

„Stell dich nie zwischen mich und einen meiner Feinde, Echsenmann“, sagte er und schob sein Schwert in die lederne Scheide zurück.

Phillo musste seine ganze Selbstbeherrschung aufbieten, um den Kerl nicht auf der Stelle niederzuschlagen. „Wenn du mich getroffen hättest, wärst du jetzt schon tot, Streifenhörnchen“, behauptete er wütend. Eigentlich wünschte er sich nichts sehnlicher, als dass der Mann ihn angriff. Doch stattdessen verstärkte sich dessen Grinsen.

„Du bist ein Krieger, Echsenmann“, stellte der Khuzum fest. „Jetzt verstehe ich, warum eine der unseren mit dir reitet.“

„Um Gottes willen“, murmelte Sanna fassungslos. „Sind wir hier in Hollywood, oder was ist los?“

„Was sagt die Blauäugige?“, wandte sich der zweite Khuzum verwundert an Jeans.

„Was soll dieser Mist eigentlich?“, schrie Sanna ihn an, bevor Jeans etwas sagen konnte. „Warum überfallt ihr dieses Haus? Ihr habt all diese Männer ermordet. Warum?“

Die beiden Krieger sahen sie kühl an. „Die *Parthaks* haben vor zwei Tagen sieben unserer Krieger erschlagen", knurrte einer. „Dies ist unsere Rache."

„Aha", erwiderte Sanna schwach und setzte sich auf den Boden. „Na gut. Das ist natürlich was anderes."

„Werdet ihr alle Menschen hier umbringen?", fragte Phillo düster.

„Nur die Krieger, die sich uns entgegenstellen", erwiderte der zweite. „Die Frauen und Kinder der *Parthaks* sind schwach", fügte er verächtlich hinzu. „Wir beflecken unsere Klingen nicht mit dem Blut von Schwächlingen oder Feiglingen."

„Wie schön", flüsterte Sanna entsetzt und starrte zu Boden.

„Wer bist du?", fragte einer der Khuzum und musterte Jeans, ohne auf Sanna zu achten. „Wer sind diese zwei Fremden? Warum habe ich dich noch nie gesehen?"

Sein Gefährte legte ihm die Hand auf die Schulter. „Ich kenne ihre Zeichnung", sagte er langsam. „Sie gehört zu Crathars Geschlecht."

„Unmöglich", schnaubte der andere. „Crathars letzter Sohn ist Faghun. Wie sollte er noch eine Tochter in diesem Alter haben?"

„Aber es ist die Zeichnung", beharrte der andere. „Welchen Namen trägst du?"

„Jeans", sagte Jeans. „Äh, also, ich heiße Angela, aber mich nennen alle Jeans, weil – verdammt, ich heiße Jeans."

„Bist du aus dem Geschlecht von Crathar, Jeans?"

Jeans sah Phillo Hilfe suchend an, der nur die Schultern zuckte. „Keine Ahnung", erwiderte sie schließlich offen. „Ich bin vor längerer Zeit in einem fernen Land namens Thebul erwacht und hatte mein Gedächtnis verloren. Ich weiß nicht, wer ich bin, noch wo ich herkomme. Bis eben wusste ich nicht einmal, dass ihr in dieser Gegend seid." Sie atmete tief ein. „Wer seid ihr denn?"

„Wir entstammen dem Geschlecht von Thrajar", sagte der eine. „Ich bin Lhor, und das ist Shatra. Möge deine Seele im Licht wandern."

„Hm, ja, eure auch", stotterte Jeans und sah sich um. Aus den Häusern strömten gemächlich die Khuzum und versammelten sich im Hof. Sie scheuchten etwa zwanzig Frauen und Kinder vor sich her, die sich weinend in einer Ecke des Hofes zusammendrängten. Erst jetzt sah Jeans, dass fast die Hälfte der Khuzum Frauen waren. „Was passiert denn nun?", fragte sie verwirrt von all den neuen Erfahrungen.

„Wir werden mit uns nehmen, was uns gefällt, und dann werden wir diese Häuser niederbrennen", erklärte Shatra und wandte sich an seinen Bruder. „Was sollen wir mit Jeans und den Fremden tun?"

„Da wir nicht wissen, was es mit ihrer Zeichnung auf sich hat, werden wir sie mit uns nehmen", ordnete Lhor an.

9

Die drei Freunde tauschten entsetzte Blicke.

„Moment", sagte Phillo. „Wir haben noch etwas zu erledigen. Ihr könnt sie nicht einfach wegschleppen."

„Was willst du dagegen tun, Echsenmann?", fragte Shatra grinsend und trat einen Schritt zurück, die Arme ausgebreitet.

Phillo starrte ihn mit böse funkelnden Augen an. „Das willst du nicht wirklich", knurrte er.

„Hört mal auf", warf Jeans genervt ein und trat zwischen die beiden. „Phillo, das ist vielleicht die einzige Chance für mich, etwas über mein Volk herauszufinden. Und vielleicht können sie uns helfen."

„Wobei brauchst du Hilfe?", fragte Lhor.

„Wir suchen einen Freund", meldete sich Sanna zu Wort und erhob sich unsicher. „Er muss hier durchgekommen sein, und wir wissen nicht genau, wohin er gereist ist." Sie sah zu den Frauen und Kindern hinüber, die dicht aneinander gedrängt dasaßen und stumm weinend auf ihren Tod warteten. „Kann ich diese Menschen fragen, ob sie ihn gesehen haben?"

Shatra nickte gleichgültig. „Wer war denn euer Freund?"

„Ein Lherram", erklärte Jeans. „Er sieht aus wie ein Affe, ist ungefähr halb so groß wie du und kann sprechen. Er hat einen Mann namens Wessim al'Khitai verfolgt. Zumindest glauben wir das."

Der Name ließ die beiden Krieger erstarren. „Der Hund von Mahoud?", fragte Lhor mit verkniffenem Gesicht. „Von dem, der im Dunklen kämpft?"

„Ob er im Dunklen kämpft, wissen wir nicht“, brummte Phillo. „Aber er dient dem Fürsten Mahoud.“

„Was wollte er von al'Khitai?“

„Der Kerl hat ein Mädchen entführt, das unter unserem Schutz stand. Art – das ist der Lherram – hat sich auf dem Schiff versteckt, mit dem er und das Mädchen nach Bardalar gefahren sind. Wir konnten erst ein wenig später nachkommen, und jetzt suchen wir sie.“

Lhor sah Shatra an. „Das könnte der Zug gewesen sein, den Jayla beobachtet hat. Ich denke, wir sollten wirklich die *Parthaks* fragen.“

„Du hast Recht, Bruder“, erwiderte Shatra und winkte die drei Freunde mit sich. „Kommt, dann könnt ihr eure Fragen stellen.“

Gemeinsam wanderten sie über den Hof auf die Ecke zu, in der die Gefangenen kauerten. Sanna bemerkte erleichtert, dass die Khuzum wesentlich weniger Männer erschlagen hatten, als sie zuerst gedacht hatte. Bis auf drei Männer, die tot in der Mitte des Hofes lagen, hatten alle Verteidiger nur Verletzungen erlitten, wenn diese auch zum Teil so schwer waren, dass sie vermutlich tödlich enden würden. Stöhnend lagen und saßen die Männer der Herberge im Kreis ihrer Frauen und ließen sich ihre Wunden versorgen.

Sie wurden von zwei Khuzum bewacht, die sich lachend unterhielten, während ihre Gefährten die Häuser und Schuppen plünderten und alles schnell auf den Echsen verstauten. Die beiden Wachen sahen ihnen überrascht entgegen, als sie Jeans als eine der ihren erkannten.

„Wer ist denn diese Frau?“, fragte einer von ihnen, doch Lhor hob abwehrend die Hand.

„Wir werden das später herausfinden“, meinte er und baute sich vor den Gefangenen auf. Sanna musterte entsetzt die verweinten und ängstlichen Gesichter der Kinder. „Hört mir zu!“, befahl Lhor donnernd. „In diesem

Haus muss vor kurzem ein Mann vorbeigekommen sein. Er heißt Wessim al'Khitai und hat eine große Narbe im Gesicht. Der verfluchte Mahoud ist sein Herr. Habt ihr diesen Krieger gesehen?“

Einige der Kinder nickten eingeschüchtert, während die Erwachsenen die Mörder ihrer Männer und Söhne nur versteinert und hasserfüllt beobachteten. Lhor trat auf ein kleines Mädchen zu und ging vor ihm in die Hocke.

„Du hast den Krieger gesehen?“, fragte er noch einmal, und das Mädchen nickte mit Tränen der Angst in den Augen.

„Wann war das?“

Das Kind starrte eine Weile stumm in das finstere Gesicht des Kriegers und warf sich dann mit einem verzweifelten Schluchzen seiner Mutter in die Arme.

„Sie waren vor zwei Tagen hier“, antwortete die Frau für ihre Tochter. „Wir haben nichts mit ihnen zu schaffen. Sie brachten eine junge Frau zur Festung von Mahoud. Die Sänfte für sie stand seit vielen Wochen in unserem Schuppen.“

„Das ist Hralena gewesen“, stellte Phillo leise fest, doch die Frau hörte ihn trotzdem und nickte müde.

„So nannte sie der Mann mit der Narbe“, erklärte sie. „Was werdet ihr nun mit uns machen? Wollt ihr uns auch ...“

„Hast du auch einen Affen gesehen?“, unterbrach Shatra sie einfach. „Er ist so groß wie ein Kind und kann sprechen.“

Die Frau wollte schon den Kopf schütteln, als ihr offenbar noch etwas einfiel. Suchend sah sie sich unter den anderen Gefangenen um und nickte einem Jungen von etwa zehn Jahren zu. „He, Ovad! Hast du nicht etwas von einem kleinen Mann mit Fell erzählt, den du gesehen hast?“

Der Junge blickte verstört auf und duckte sich unwillkürlich unter Shatras strengem Blick. „Es war ein kleiner Mann mit goldenem Pelz in bunten Kleidern“, stieß er hervor. „Er hat mit den Eseln an der Tränke gestanden.“

„Hört sich nach Art an“, brummte Jeans. „Besonders das mit den Eseln. In Ordnung, Shatra, dann wissen wir jetzt endlich Bescheid.“

„O Gott, bin ich froh!“, stöhnte Sanna erleichtert. „Endlich haben wir ihn gefunden!“

„Noch nicht ganz“, wandte Phillo ein, war aber ebenfalls sichtlich erleichtert. „Zuerst müssen wir die Festung von Mahoud erreichen, und selbst dann haben wir den schwierigsten Teil noch vor uns.“

„Das ist mir im Moment völlig Wurscht“, gab Sanna zurück. „Aber wenigstens wissen wir nun, wo er ist. Der Rest wird sich schon finden.“

„Die Festung von Mahoud ist nicht schwer zu erreichen“, meinte Lhor. „Aber nun werden wir erst einmal zu den Unseren zurückkehren, und ihr werdet uns begleiten.“

Phillo knurrte drohend, aber Sanna hob abwehrend die Arme. „Mir ist alles egal. Ich will nicht mehr. Jeans, sieh zu, dass du dein Familientreffen hinter dich bringst, und dann lasst uns endlich Art und Hralena befreien.“

Jeans atmete tief durch. „Okay. Lhor, Shatra, wir sind einverstanden, mit euch zu kommen. Aber bitte beeilt euch, unser Freund ist in großer Gefahr.“

Die Brüder sahen sich auf dem Hof um. Mittlerweile waren die meisten der Khuzum wieder um sie herum versammelt und bestiegen ihre schwer beladenen Reittiere, während aus den Häusern der Raststätte die ersten Flammen schlugen.

„Da kommt Jayla“, stellte Lhor fest. „Wir reiten, wenn sie es sagt.“

Die drei Freunde folgten mit ihren Blicken dem ausgestreckten Arm des Kriegers. Er deutete auf eine Frau von etwa dreißig Jahren, die ein blutiges Schwert in der Hand hielt. Sie kam gerade aus dem Hauptgebäude heraus und musterte streng die Khuzum und ihre beladenen Echsen. Dann marschierte sie zwischen den Kriegern hindurch und gab hier und da noch einen knappen Befehl, bevor sie sich auf ihr eigenes Reittier schwang.

„Ich sage ihr Bescheid", meinte Lhor und rannte auf sie zu. Nachdem er einige Worte mit ihr gewechselt hatte, sah sie eine Weile zu Shatra und den drei Freunden hinüber, bevor sie ohne ein weiteres Wort ihre Echse antrieb und das Tier aus dem Hof hinauslenkte.

„Wir reiten", rief Lhor ihnen entgegen, als er zurückgerannt kam. „Los, kommt! Wir sitzen auf!"

„Du kannst bei mir mitreiten, Echsenmann", bot Shatra Phillo grinsend an. Phillo zuckte die Schultern.

„Die meisten Tiere haben Angst vor mir", warnte er den Krieger, doch noch im gleichen Augenblick kam ihm der Gedanke, dass dies bei den Reittieren der Khuzum zum ersten Mal anders sein könnte. Schließlich waren sie Echsen, genau wie er selbst!

Und tatsächlich hatte das Tier keine Angst vor Phillo. Als er versuchte, hinter Shatra in den breiten Holzsattel zu klettern, wandte das Tier den riesigen Kopf und ließ seine Zunge in Richtung seines Gesichtes schnellen. Dann rieb es seine Stirn so heftig an Phillos Brust, dass er fast umgefallen wäre.

„Sie mag dich, Echsenmann", meinte der Krieger lachend. „Ihr seid vom selben Blut, wie's scheint."

Wenige Minuten später hatten sie die Raststätte hinter sich gelassen und ritten weiter nach Norden. Die drei Freunde staunten, wie mühelos die Echsen über den weichen Sand glitten. Das ständige Auf und Ab, das eine lange Reise zu Pferd mit der Zeit zu einer Qual werden ließ, war bei diesen Tieren nur ein sanftes Schaukeln. Die

Khuzum lenkten die Echsen mit langen, hölzernen Stangen, die sie den Tieren auf der Seite gegen den Kopf drückten. Jeans und Sanna saßen hinter Lhor und staunten über den geduldigen Gehorsam des Reptils.

„Wir züchten die *Baclavs* seit Anbeginn der Zeiten", erklärte der Krieger ihnen. „Es sind die harmlosesten Wesen, die man sich vorstellen kann. Sie fressen nur Aas. Ihr habt also nichts von ihnen zu befürchten."

„Dann werden wir uns bemühen, am Leben zu bleiben", brummte Jeans und sah zu Phillo hinüber. Ihr Freund saß bequem zurückgelehnt hinter Shatra, ein Lächeln auf dem Gesicht. Ihm gefiel es offenbar auch sehr gut, so leicht über den Wüstensand zu gleiten.

Im Laufe ihrer Reise wurde der Sand langsam immer grobkörniger, und gegen Abend erreichten sie eine felsige Landschaft, in der sogar vereinzelt gelbliche Sträucher und Grasbüschel wuchsen. Die Sonne war bereits zur Hälfte untergegangen, als sie einen Hügelkamm hinaufritten und das Dorf der Khuzum vor sich sahen.

Am Rande eines kleinen Sees standen mehr als hundert niedrige, kreisrunde Hütten, zwischen denen schreiende Kinder Fangen spielten. Ältere Khuzum, deren Haar vom feurigen Rot zu einem blassen Orangerot übergegangen war, gingen ruhig ihren Geschäften nach oder unterhielten sich. Hinter den Hütten lagen etwa fünfzig Echsen und blinzelten träge in die letzten Strahlen der Abendsonne, während noch etwa hundert Krieger beiderlei Geschlechts in ihrer Nähe Waffenübungen machten oder unter aufgespannten Planen dösten.

Sobald die Kinder die Krieger auf dem Hügel bemerkten, rannten sie ihnen mit leuchtenden Gesichtern entgegen, und die Daheimgebliebenen beendeten ihre Übungen, um die Ankömmlinge ebenfalls zu begrüßen.

„Jayla ist wieder da!", hallte es ihnen entgegen. „Die Krieger sind zurück!"

Mit einem trimphierenden Lachen hielt die Anführerin ihr Schwert hoch in die Luft und stieß einen wilden Triumphschrei aus, in den die anderen Khuzum begeistert einstimmten.

„Ein guter Tag“, stellte Shatra fest und blickte in die untergehende Sonne. „Heute musste keiner unserer Krieger dem Licht folgen.“

„Du meinst, keiner ist erschlagen worden?“, fragte Phillo heiser. Sie hatten nur einmal etwas zu trinken bekommen, und er hatte einen furchtbaren Durst. Aber diese Schwäche wollte er nicht zeigen.

„Genau“, erwiderte Shatra. „Wenn einer unserer Krieger im Kampf fällt, wandert er auf den Strahlen der Sonne in das Reich des ewigen Lebens.“

„Und wenn mal einer nachts stirbt?“

Shatra verzog das Gesicht. „Dann muss er in der endlosen Finsternis umherirren, ohne je seinen gerechten Lohn empfangen zu können. Er ist verloren. Das ist der Grund, warum wir niemals bei Nacht kämpfen.“

„Wenn ich also vorhätte, euch zu überfallen, sollte ich am besten bei Nacht angreifen“, antwortete Phillo grimmig.

Der Khuzum wandte sich zu ihm um und bleckte die Zähne. „Das solltest du besser nicht tun“, sagte er langsam. „Es hat noch kaum ein *Parthak* einen Krieger meines Volkes vor dem Morgengrauen besiegt.“

Der Zug der Kämpfer ritt langsam in das Dorf hinein und versammelte sich auf einem freien Platz. Ohne Umschweife begannen die Krieger, ihre Beute von den Echsen abzuladen, und häuften sie unter einer Plane auf.

Die drei Freunde sahen sich interessiert um, und Sanna fühlte erstaunt, wie ihre Wut auf diese grausamen Menschen dahinschmolz. In der Raststätte waren die Khuzum für sie nur blutrünstige Räuber gewesen, die friedliche Menschen überfallen hatten. Und jetzt musste sie beobachten, wie dieselben Verbrecher lachend ihre kleinen Kinder auf den Arm nahmen und sich stolz das Lob der Alten anhörten.

Trotz allem waren wohl auch die Khuzum nur ein Volk, das in dieser feindlichen Umgebung ums Überleben kämpfte. Sie konnte weder die Gesichter der Kinder in der Raststätte vergessen noch das Stöhnen der Verwundeten. Aber wenn es stimmte, dass vor kurzem sieben Khuzum-Krieger umgebracht worden waren, dann konnte Sanna den Durst nach Rache verstehen, der die Khuzum zu dem Überfall veranlasst hatte.

„Wer seid ihr?“, fragte eine helle Stimme neben ihr. Sie sah zu dem kleinen Mädchen hinunter, das ernst zu ihr aufsah. „Ich habe noch nie solche Augen gesehen.“

„Ich bin Sanna – eine Elhaîn“, erwiderte Sanna heiser und ging in die Hocke. „Bei meinem Volk haben alle solche Augen“, fügte sie erklärend hinzu und zupfte an ihrem schweißdurchtränkten Hemd.

„Ach so“, sagte das Kind scheu und rannte davon.

„Zumindest glaube ich das“, murmelte Sanna für sich und warf Jeans einen neidischen Blick zu. Ihre Freundin stand da und sah sich lächelnd um.

„Und ich habe Phillo darum beneidet, dass er diesen Zhisstar getroffen hat!“, sagte Jeans.

„Trotzdem mache ich mir Gedanken um Art – es ist nicht gut, dass wir hier so viel Zeit verlieren“, entgegnete Sanna schwach.

„Ja, klar“, gab Jeans genervt zu. „Aber momentan können wir sowieso nichts tun. Da werde ich mich doch wohl freuen dürfen, endlich mein Volk kennen zu lernen, oder?“

„Natürlich“, lenkte Sanna rasch ein. „War auch nicht so gemeint. Ich meine ja nur, dass ...“

„He da, Fremde!“, rief eine befehlsgewohnte Frauenstimme, und Jayla marschierte an ihr vorbei auf Jeans zu.

„Lhor hat mir berichtet, was geschehen ist. Du bist Jeans?"

„Stimmt", entgegnete Jeans angespannt und betrachtete respektvoll die Frau, die sie um einen halben Kopf überragte. In ihrem schwarzroten Gesicht leuchteten so viele Narben, dass sofort klar war, warum sie die Anführerin des Stammes war.

„Lohr hat sich nicht geirrt", murmelte die Kriegerin und fuhr mit dem Finger gedankenverloren die Linien auf Jeans' Gesicht nach. „Das ist die Zeichnung von Crathar. Wer hat dir diese Zeichnung gegeben?"

„Keine Ahnung", meinte Jeans ehrlich. „Ich habe mein Gedächtnis verloren."

Einen Augenblick lang schwieg die Kriegerin. „Wie du meinst", sagte sie schließlich. „Es ist nicht an mir zu beurteilen, ob du die Wahrheit sagst. Ich bringe dich zu unserer Mutter. Sie wird entscheiden, was mit dir geschehen soll."

„Was ist mit meinen Freunden?", fragte Jeans hastig.

„Shatra und Lhor werden sich um sie kümmern", versicherte Jayla und sah sich nach den Männern um. „Lhor! Shatra! Ihr seid verantwortlich für das Wohl unserer beiden Gäste hier." Die Krieger nickten gehorsam, und Jayla wandte sich wieder Jeans zu. „Es wird ihnen nichts geschehen, darauf hast du mein Wort. Und jetzt komm!"

„Ich habe das Gefühl, dass wir für die Leute hier wesentlich uninteressanter sind als Jeans", flüsterte Sanna, als ihre Freundin im Schlepptau der Kriegerin hinter ein paar Zelten verschwand. „Das wäre mir an sich egal, aber ich sterbe gleich vor Durst. Sie könnten uns zumindest etwas zu trinken geben."

„Finde ich auch", stöhnte Phillo leise. „Aber du hast Recht: Diese Leute hier scheinen sich nicht besonders für den Rest der Welt zu interessieren. Und da gehören wir wohl dazu."

„Du irrst dich, Echsenmann", sagte Shatra, der die letzten Worte gehört hatte. „Aber die Zeichnung eurer Freundin ist wahrlich um einiges interessanter als ihr beide."

„Das sollte euch nicht beleidigen", meinte Lhor und reichte Sanna einen Tonbecher mit Wasser. „Trink von unserem Wasser, Sanna mit den blauen Augen! Möge das Licht dir den Weg zeigen."

Gierig griff Sanna nach dem Becher. Am liebsten hätte sie ihn sofort geleert, aber der erwartungsvolle Blick des Kriegers brachte sie dazu, nur einen vorsichtigen Schluck zu nehmen und ihn widerstrebend dem Khuzum zurückzugeben. Lohr überreichte ihn mit denselben Worten Phillo. Nachdem auch er getrunken hatte, deutete Shatra auf den Teich hinter den Hütten.

„Falls ihr noch Durst habt", erklärte er grinsend, „gibt's dort noch mehr Wasser."

Sanna und Phillo warfen sich einen kurzen Blick zu, bevor sie mit wackligen Beinen auf den Teich zurannten.

„Das ist Crathars Zeichnung, ohne Zweifel", stellte die alte Frau fest und fuhr die Linien auf Jeans' Gesicht mit dem Finger nach, genau wie es zuvor schon Jayla getan hatte. Doch im Gegensatz zu der Kriegerin hatte ihr Blick dabei nichts Misstrauisches. Ihre grünen Augen strahlten Jeans so freundlich an, dass Jeans auf einmal von einer tiefen Ruhe erfüllt war.

„Faghun hat mir vor einigen Wochen von einem Traum erzählt", sagte die Alte so leise, als spreche sie nur mit sich selbst. „Ich denke, er hat dein Kommen vorausgesehen, mein Kind."

„Wer ist Faghun?", fragte Jeans langsam. „Shatra und

Lhor haben schon von ihm gesprochen, bei der Raststätte."

„Er ist der Letzte seines Geschlechts", erklärte die Alte. „Ich mag ihn sehr. Und nun komm herein, damit wir sprechen können. Jayla, sei so gut, und kümmere dich um deine Kämpfer."

„Wie du wünschst, Mutter", erwiderte die Kriegerin knapp und ging zum Dorfplatz zurück, während Jeans der Alten in ihre Hütte folgte.

„Jayla ist eine echte Kriegerin", meinte die Alte lächelnd und bedeutete Jeans, sich an den kniehohen Tisch in der Mitte des niedrigen Raumes zu setzen. „Ich hoffe, du lässt dich von ihrer Barschheit nicht stören."

Jeans hob die Schultern. „Eigentlich nicht", erwiderte sie. „Solange sie nicht noch unfreundlicher wird."

„Darum musst du dir keine Sorgen machen. Aber nun erzähl mir deine Geschichte, mein Kind, und lass dir Zeit. Wir haben es nicht eilig. Der Abend ist noch lang."

„Ich hab's eigentlich schon eilig", widersprach Jeans und beobachtete erleichtert, wie ihre Gastgeberin einen Krug mit Wasser auf den Tisch stellte. „Aber ich erkläre Euch gerne, wieso."

Nachdem sie alles berichtet hatte, was ihr seit der Ankunft in Thebul widerfahren war – wobei sie die Rückkehr in ihre eigene Welt tunlichst verschwieg –, sah die Alte mit gefalteten Händen eine Weile zu Boden. Dann strich sie sich mit den dünnen Händen über ihr schlohweißes Haar und seufzte.

„Ich fürchte, ich habe auch keine Erklärung hierfür", meinte sie betrübt. „Aber ich werde veranlassen, dass Faghun kommt. Vielleicht kann er dir helfen. Mit ein bisschen Glück erreicht er unser Lager noch morgen früh."

„Das wäre sehr nett", sagte Jeans und bemühte sich, ihre Unsicherheit nicht zu zeigen. Was würde wohl geschehen, wenn herauskam, dass dieser Faghun sie nicht kannte? Ob man ihr wegen der „gefälschten“ Zeichnung etwas antun würde?

„Es ist wahrlich seltsam“, murmelte die Alte. „Auch dass du gemeinsam mit diesen drei Freunden erwacht bist – man könnte fast glauben, dass hier ein böser Zauber im Spiel war. Und du kannst dich wirklich an gar nichts erinnern, was davor war?“

Jeans versteckte sich hinter ihrem Becher vor den forschenden Blicken der Alten.

„Nein, gar nichts“, brummte sie. „Nur seltsam verschwommene Bilder von Welten, die es nicht gibt“, fügte sie noch schnell hinzu, denn ihr war sofort klar, dass die Alte ihr die Geschichte nicht ganz abnahm.

„Was für Welten? Was meinst du damit?“, fragte die Frau mit gerunzelter Stirn.

„Traumwelten, verschwommene Bilder – ich weiß es nicht mehr“, erklärte Jeans verzweifelt. Doch gerade diese Verzweiflung erweckte das Mitleid der Greisin.

„Ist ja gut, es ist gut“, meinte sie sofort freundlich und hob abwehrend die Hände. „Wenn du dich nicht erinnern kannst, belassen wir es dabei. Und nun geh und suche deine Freunde. Ich werde mich um Faghun kümmern.“

„Danke“, sagte Jeans leise und machte, dass sie aus der Hütte kam.

Normalerweise fiel es Jeans wirklich nicht schwer, anderen Leuten ins Gesicht zu lügen. Aber diese Frau hatte sie ziemlich ins Schwitzen gebracht mit ihrer harmlosen Freundlichkeit. Erleichtert, diesem seltsamen Verhör entronnen zu sein, streifte Jeans durch das Dorf und suchte ihre Freunde. Nach kurzer Zeit fand sie sie an einem Feuer, gemeinsam mit Lhor, Shatra und einigen anderen Kriegern. Sie waren gerade dabei, sich die seltsamen Waffen mit den schwarzen Klingen zeigen zu lassen.

„Es kommt aus den Bergen im Osten“, erklärte Lhor

und ließ das Licht des Feuers auf seinem Schwert schimmern. „In der ganzen Welt werdet ihr kein besseres Metall finden. Die Legende besagt, dass eines Tages ein schwarzer Stern vom Himmel fiel. Er zerbrach auf der Erde in tausend Stücke, und diese Stücke sind nun das Innere der Berge, bedeckt vom versteinerten Staub der Jahrtausende.“

„Nur die Khuzum wissen, wie man dieses Metall gewinnt und verarbeitet“, warf eine Kriegerin stolz ein. „Die *Parthaks* würden ihr Leben geben, um hinter dieses Geheimnis zu kommen.“

„Genau das haben sie auch schon oft genug getan“, ergänzte ein anderer, und grimmiges Gelächter erfüllte die Runde.

Jeans setzte sich neben Sanna und rieb sich die Augen. „Na, geht's euch gut?“, fragte sie erschöpft.

„Alles in Ordnung“, nickte Phillo. „Und du? Was habt ihr besprochen?“

„Ich habe ihr unsere Geschichte erzählt.“

„Hast du sie gebeten, uns bei der Suche nach Art zu helfen?“, fragte Sanna gespannt.

„Mist!“ Jeans sah die beiden betroffen an. „Daran habe ich gar nicht gedacht. Ich war viel zu sehr damit beschäftigt, meine Gedanken zu ordnen.“

„Morgen ist auch noch ein Tag“, meinte Phillo schulterzuckend. „Vorher kommen wir sowieso nicht weg.“

„Was hat die Mutter zu deiner Tätowierung gesagt?“, erkundigte sich Shatra beiläufig.

„Sie will etwas unternehmen, um diesen Faghun zu holen. Sie meinte, dass er morgen hier sein sollte.“

Dann herrschte Stille, die nur durch das Knacken der Äste im Feuer unterbrochen wurde.

„Faghun kommt hierher?“, sagte Lhor ehrfürchtig. „Ich hätte nicht gedacht, dass ich ihn noch einmal sehen würde.“

„Was ist denn an dem Kerl so Besonderes?“, fragte Phillo, erstaunt über die Wirkung von Jeans’ Worten.

Eine Weile schwiegen die Krieger, bis sich Shatra schließlich räusperte. „Faghun ist der, der mit zwei Klingen kämpft. Er war der größte Krieger, den unser Volk je hervorgebracht hat“, erklärte er ehrfurchtsvoll. „Doch nachdem sein letzter Sohn dem Weg ins Licht gefolgt war, ging er in die Wüste; nun wartet er auf seinen letzten Kampf.“

„Hört sich nicht gerade nach einem umgänglichen Kerl an“, flüsterte Sanna Jeans zu. „Ich hoffe nur, dass er nichts an deiner Tätowierung auszusetzen hat.“

„Das heißt, ihr wisst gar nicht, ob er noch lebt?“, fragte Phillo, und die Krieger nickten. „Was ist, wenn er gar nicht kommt? Werdet ihr uns dann gehen lassen, damit wir unserem Freund helfen können?“

„Das wird die Mutter entscheiden“, meinte Lhor. „Doch wenn sie entscheidet, dass deine Freundin die Zeichnung zu Unrecht trägt ...“

„Was ist dann?“, fragte Jeans misstrauisch.

„Wer seine Haut mit der falschen Zeichnung schmückt, verliert sie“, erklärte eine der Frauen rau. „Das ist alles.“

„Wie bitte?“, schrie Jeans entsetzt. „Ich habe mich doch nicht selbst so angemalt! Ihr könnt mich doch deswegen nicht umbringen!“

„Das werden sie nicht“, beruhigte Phillo sie, und seine gelben Augen glühten düster in seinem schwarzen Gesicht. „Keine Sorge.“

„Wenn die Mutter dir glaubt, dass du nicht selbst schuld daran bist, dann wird dir nichts geschehen“, nickte Shatra, sah dabei aber Phillo an. „Wenn nicht, wird dich nichts retten können - auch der Echsenmann nicht.“

„Wie schön“, brummte Jeans und setzte sich wieder hin. Tatsächlich war sie recht zuversichtlich, die weißhaarige Alte überzeugen zu können, und wenn sie ihr schlimmstenfalls die ganze Wahrheit erzählen musste. Da machte sie sich schon eher Sorgen, dass dieser Faghun auftauchen könnte. Denn der würde bestimmt nicht so freundlich sein.

Schließlich legten sich die Freunde auf die Matten unter einer Plane, die ihnen die Khuzum als Schlafplatz zugewiesen hatten. Shatra und Lhor gesellten sich zu ihnen, und den drei Freunden war klar, dass die zwei Krieger sich nicht nur um sie kümmern, sondern sie auch bewachen sollten.

Eine Weile lag Phillo noch wach und dachte über eine Fluchtmöglichkeit nach. Er gab den Gedanken schnell wieder auf. Sie befanden sich mitten in einem fremden Land, und um sie herum war nichts als glühende Wüste. Allein würden sie nicht weit kommen, und selbst wenn man sie nicht einholte, so würden sie die Wüste nicht lebend durchqueren können. Mit einem unwilligen Knurren legte er sich auf die Seite und schloss die Augen. Sie waren den Khuzum auf Gedeih und Verderb ausgeliefert, und im Augenblick gab es nichts, was er dagegen tun konnte.

Jeans wachte am nächsten Morgen als Erste auf. Müde blinzelnd sah sie sich um. Neben ihr schliefen die anderen noch ruhig und fest, und das Dorf war in die völlige Stille der Morgendämmerung gehüllt. Gähnend kroch sie unter der Plane hervor und streckte sich. Der Sand zwischen ihren Zehen war kalt, und auch die Luft war nach der Wüstennacht noch so kühl, dass sie fröstelte. Die Sonne war noch nicht zu sehen, obwohl der Himmel über ihr bereits hellblau war und im Osten ein goldener Schimmer am Horizont leuchtete.

Einen Moment lang dachte sie darüber nach, sich wieder hinzulegen, doch dann beschloss sie, diesen kostbaren Moment des Alleinseins zu genießen. Obwohl sie ihre Freunde furchtbar gern hatte, vermisste sie manchmal die Möglichkeit, sich einfach zurückziehen zu können. In ihrer eigenen Welt hätte sie sich nach zwei Tagen schon in ihrem Zimmer verbarrikadiert und sich vor den Computer gesetzt, doch das ging hier einfach nicht.

Langsam wanderte sie zu dem kleinen Teich und schlüpfte aus ihren Kleidern. Das Wasser würde sicher entsetzlich kalt sein, aber dies war für die nächsten Tage wahrscheinlich ihre letzte Gelegenheit für ein ungestörtes Bad.

Zitternd stieg sie ins Wasser und schwamm ein paar Runden. Bald blinzelte die Sonne über den Horizont. Eilig kletterte Jeans aus dem Wasser und zog sich an. Der Stoff klebte an ihrer nassen Haut, aber ihre Kleider würden sicher schnell trocknen, wenn die Sonne ganz aufgegangen war.

Herrlich erfrischt setzte sie sich auf einen Felsen, beobachtete den Sonnenaufgang und hing ihren Gedanken nach. Die Khuzum waren tatsächlich ein seltsames Volk. Ihre unglaubliche Kampfeslust wirkte auf den ersten Blick erschreckend. Aber das änderte sich, wenn man erst einmal gesehen hatte, wie sie mit ihren Kindern und miteinander umgingen.

Die Krieger hatten ihnen am Feuer erzählt, dass sie einst als friedliche Bauern gelebt hatten. Und dann waren vor vielen hundert Jahren die *Parthaks*, die anderen Bewohner Juwars, aus dem Süden gekommen und hatten die Khuzum in die Wüste verjagt. Seitdem lebten sie als umherziehende Krieger und Diebe. Das Dorf in dieser Oase war noch keine drei Jahre alt, denn sobald sich die Khuzum irgendwo dauerhaft niederlassen wollten, wurden sie von den Truppen der *Parthaks* aufgestöbert und angegriffen.

Ihre größte Sehnsucht war immer noch, eines Tages wieder in Frieden in ihrem Ursprungsland leben zu können, ohne die ganze Zeit auf der Flucht zu sein. Aber sie hatten mittlerweile gelernt, sich zu verteidigen, und solange der Traum von der Rückkehr ein Traum blieb, war ihr Leben der Kampf.

Vor der aufgehenden Sonne bewegte sich etwas, und Jeans kniff die Augen zusammen. Aus dem Osten kam ein einsamer Echsenreiter auf das Dorf zu. Sein weißes Haar schien im Sonnenlicht zu glühen, und hinter den breiten Schultern ragten zwei Schwertgriffe auf.

Langsam glitt Jeans von dem Felsen herunter und sah dem Ankömmling erwartungsvoll entgegen. Ohne nachdenken zu müssen, wusste sie schon: Das musste Faghun sein. Sie dachte kurz daran, die anderen zu wecken, verwarf die Idee aber sofort wieder. Dort kam der Mann, der über ihr Schicksal entscheiden würde, und sie wollte ihm entgegentreten, ohne dass jemand anderer dabei war.

Sobald der Reiter sie gesehen hatte, lenkte er seine Echse auf sie zu und hielt ein paar Schritte vor ihr an. Eine Weile musterte er Jeans stumm, die seinen Blick unruhig erwiderte. Dann sprang er aus dem Sattel und trat vor sie hin. Das Grün seiner Augen war so hell, dass es durchsichtig wirkte. Seine buschigen Augenbrauen waren von demselben Silberweiß wie seine langen zotteligen Haare, und dem zerfurchten, ledernen Gesicht war anzusehen, dass es seit langer Zeit Sonne und Sand ausgesetzt war.

„Möge deine Seele im Licht wandern“, sagte er schließlich mit einer tiefen Stimme, der man anhörte, dass er nicht allzu oft sprach. Noch bevor Jeans etwas erwidert hatte, streckte er seinen muskulösen Arm aus und fuhr mit dem Zeigefinger die Tätowierungslinien in ihrem Gesicht nach. Seine Lippen bebten leise, als er die Hand wieder sinken ließ. „Ich habe von dir geträumt, Mädchen.“

*

Phillo wachte auf, weil Sanna ihm im Schlaf mit dem Arm einen Nasenstüber versetzt hatte. Unwillig brummelnd, setzte er sich auf und rieb sich das schmerzende Gesicht. Shatra und Lhor waren bereits aufgestanden. Außer ihm selbst und Sanna war niemand zu sehen. Gähnend kroch er unter der Plane hervor und blinzelte in die Sonne, die bereits eine Handbreit über dem Horizont stand.

Dann machte er sich auf die Suche nach Jeans. Er wandte sich in die Richtung, aus der er lautes Gemurmel hörte. Die Khuzum standen in einem dichten Kreis um die Hütte der Alten, die sie „Mutter" nannten. Lhor wandte sich sofort zu Phillo um, als er ihn hinter sich kommen hörte.

„Einen guten Morgen, Echsenmann", sagte er.

„Morgen", brummte Phillo. „Ist Jeans da drin?"

„Das ist sie", nickte der Khuzum, und seine Augen leuchteten. „Gemeinsam mit der Mutter und ‚Dem, der mit zwei Klingen kämpft'."

„Wer?", fragte Phillo und begriff dann. „Ach so, dieser Faghun! Er ist wirklich gekommen?"

„Heute Morgen, zusammen mit der Sonne", ergänzte Shatra, ohne den Blick von der Hütte zu wenden. „Und nun wird das Schicksal deiner Gefährtin beraten."

„Wisst ihr schon, was dabei herauskommt?"

„Ich habe Faghun noch gar nicht gesehen", erklärte Lhor kopfschüttelnd. „Aber es heißt, dass er bereits mit Jeans gesprochen hat. Sie war die Erste, die ihm begegnet ist."

In diesem Moment trat die Alte aus der Hütte. Hinter ihr kam mit ernstem Gesicht Jeans, und zum Schluss erschien ein weißhaariger, breitschultriger Mann, hinter dessen Schulter zwei Schwertgriffe aufragten.

„Faghun", flüsterte Shatra ehrfürchtig. „Beim Licht, er wirkt kaum älter als vor sechs Jahren!"

Die Alte hob die Arme, und das leise Raunen unter den Khuzum verstummte. „Schwestern und Brüder", rief sie lächelnd. „Heute Morgen ist Faghun zu uns zurückgekehrt, weil ich ihn gerufen habe. Er kommt, um uns eine freudige Botschaft zu verkünden."

Bei diesen Worten sah sie den alten Krieger aufmunternd an, und er trat hinter Jeans. Er legte ihr seine Hände auf die Schultern und räusperte sich.

„Vor sechs Jahren ging mein letzter Sohn dem Licht entgegen", sprach er langsam. „Und vor sechs Jahren bin ich von euch fortgegangen, weil ich den Schmerz über diesen Verlust nicht mehr ertragen konnte. Doch vor wenigen Monden hatte ich einen Traum, in dem mir eine neue Tochter geschenkt wurde." Ein Lächeln zeigte sich auf seinem zerfurchten Gesicht. „Und gestern Abend rief mich unsere Mutter zu euch, weil unsere Krieger eine Fremde mit meiner Tätowierung gefunden hatten, mit der Zeichnung Crathars."

Jeans warf Phillo einen ebenso erleichterten wie verwirrten Blick zu.

„Hiermit erkläre ich euch allen, jung und alt: Dies ist meine Tochter! Sie ist von meinem Blut, sie trägt meine Zeichnung, und das Licht Crathars soll ihr leuchten vom heutigen Tag bis an ihr Ende."

Einen Moment lang herrschte atemlose Stille. Dann brachen alle Versammelten in lauten Jubel aus und umringten Jeans, um sie als neue Schwester willkommen zu heißen. Phillo drängte sich erleichtert durch die Menge zu seiner Freundin vor und packte sie am Arm.

„Was hast du denn dem Alten erzählt?", flüsterte er ihr ins Ohr.

„Es war so, wie er es gesagt hatte", flüsterte Jeans zurück und zuckte ratlos mit den Schultern. „Anscheinend hatte er einen Traum, in dem er eine neue Tochter gesehen hat. Er ist sich sicher, dass ich gemeint war."

„Dann wollen wir ihn nicht durch unangenehme Tatsachen verunsichern“, erwiderte Phillo grinsend. „Anscheinend bist du jetzt eine echte Khuzum. Herzlichen Glückwunsch!“

„Danke. Wo ist Sanna?“

„Na, wo wohl? Im Bett.“

Jeans lachte. „Okay, war ja klar. Ach übrigens – mein neuer Vater will uns helfen, Art zu finden. Und die Alte vermutet, dass er nicht der Einzige sein wird.“

10

Phillo rüttelte Sanna heftig an der Schulter und wurde immerhin mit einem offenen Auge belohnt.

„Was'n los?", murmelte sie und schloss das Auge schnell wieder.

„Jeans' Vater ist hier", erklärte Phillo ruhig und fuhr zurück, als Sanna hochfuhr wie von der Tarantel gestochen.

„Wer?", keuchte sie und sah sich panisch nach allen Seiten um, während Phillo beim Anblick ihres Gesichtsausdrucks fast zusammenbrach vor Lachen. Er hatte ganz vergessen, wie sehr Sanna der Vater von Jeans auf die Nerven ging. Der gute Mann war immer ganz hingerissen von der ordentlichen, höflichen Sanna und vergaß auch niemals, ihr das zu sagen, sobald er sie zu Gesicht bekam.

„Sanna", rief Jeans und lugte unter die Plane. „Komm mal raus! Ich muss dir jemanden vorstellen."

„Häh?", fragte Sanna immer noch schlaftrunken, krabbelte hektisch ans Tageslicht und richtete sich vor Faghun auf, der sie interessiert musterte. Um sie herum versammelten sich die Kinder und auch einige Krieger, die aufgeregt miteinander tuschelten.

„Das ist Faghun", erklärte Jeans, und Sanna seufzte erleichtert, als sie Jeans' leiblichen Vater nirgends entdecken konnte. „Er hat mich als seine Tochter angenommen."

Verwirrt schüttelte Sanna den Kopf, betrachtete aber den alten Khuzum mit großem Interesse.

„Möge deine Seele im Licht wandeln, Sanna", sagte

Faghun freundlich. „Jeans hat mir bereits von dir berichtet."

„Äh, ja, Eure auch, also, deine auch", stotterte Sanna und rieb sich den Schlaf aus den Augen. „Deine Seele, meine ich", fügte sie noch hinzu, während Phillo zusammenbrach vor Lachen. „Sehr nett, dass du Jeans adoptiert hast."

Sobald Sanna fit war und Phillo sich wieder beruhigt hatte, gingen die Freunde gemeinsam zum Dorfplatz, um zu frühstücken. Die ganze Zeit über folgten ihnen die Kinder, und sobald sie sich in einer Ecke niedergelassen hatten, gesellten sich Shatra und Lhor ganz selbstverständlich zu den Gästen.

„Meine Tochter hat mir bereits erklärt, welche Aufgabe vor euch liegt", sagte Faghun zu den dreien. „Und ich muss euch warnen: Fürst Mahoud ist ein mächtiger Kämpfer, gefürchteter als die meisten von uns. Doch wenn ihr wollt, werde ich versuchen, euch bei der Befreiung eures Affen und des Mädchens zu helfen."

„Unseres Affen?", echote Phillo und grinste Jeans fragend an.

„Ich habe erwähnt, dass er unser Freund ist", verteidigte sich Jeans.

„Das ist sehr nett", bedankte sich Sanna, die sich mittlerweile wieder unter Kontrolle hatte. „Und ich denke, wir können deine Hilfe gut gebrauchen. Allein schon deshalb, weil wir keine Ahnung haben, wie wir diesen Palast finden sollen."

„Ich werde ihn euch zeigen", warf Shatra beiläufig ein. „Außerdem könnt ihr eine weitere Klinge im Kampf gegen ‚Den, der im Dunklen' kämpft, sicher gebrauchen."

„Zwei", verbesserte Lhor ihn schnell. „Ich komme auch mit – wenn ihr nichts dagegen habt."

„Wir werden fragen, welche Krieger uns begleiten

wollen", schlug Faghun ruhig vor. „Und vor allem, ob Jayla sie entbehren kann. Niemand kann gegen ihren Willen mit uns ziehen."

„Ich werde sie holen", meinte Lhor nur und stand auf. „Was ist mit der Mutter?"

„Sie hat nichts dagegen, dass uns einige Krieger begleiten", erklärte Faghun. „Aber wir benötigen das Einverständnis von Jayla."

Kurz darauf setzte sich die Kriegerin zu ihnen. „Ich habe mit der Mutter darüber gesprochen", sagte sie, ohne eine Miene zu verziehen. „Sie ist einverstanden, dass wir mit euch kommen. Wenn wir den Palast des verfluchten Mahoud angreifen, brauchen wir jeden einzelnen Mann."

Faghun lächelte die Kriegerin an. „Ich hatte gehofft, dass du dich so entscheiden würdest, kleine Jayla. Kret wäre stolz auf seine Tochter, wenn er jetzt hier wäre."

„Danke, Faghun", erwiderte Jayla mit unbeweglichem Gesicht. Trotzdem meinte Jeans ein Blitzen des Stolzes in ihren Augen zu entdecken.

Phillo und Sanna waren begeistert. Vor zwei Tagen noch waren sie völlig allein gewesen, und nun stand ihnen eine Truppe von mehr als hundertfünfzig Kriegern zur Seite!

„Wir reiten los, sobald alle fertig sind", erklärte Jayla und wandte sich zum Gehen. Dann blieb sie noch einmal kurz stehen. „Ich freue mich, dass du wieder da bist, Onkel Faghun", fügte sie hinzu und marschierte davon.

„Bist du wirklich ihr Onkel?", fragte Jeans überrascht.

Der alte Krieger schüttelte den Kopf. „Ich war der beste Freund ihres Vaters", erzählte er ruhig. „Er starb in derselben Schlacht wie mein jüngster Sohn. Ich selbst habe ihr damals die Führung unserer Krieger übertragen, bevor ich wegging." Er raffte sich auf. „Und nun sollten wir uns um unsere Tiere kümmern. Holt eure Waffen, damit wir reiten können."

„Wir haben keine Waffen", erklärte Jeans etwas verlegen.

Der alte Krieger verzog keine Miene. „Dann werden wir euch noch welche besorgen."

„Hat bei mir keinen Sinn", meinte Phillo mit einem Schulterzucken. „Wenn ich kämpfe, vergesse ich immer, eine Waffe zu benutzen. Ich gebrauche lieber die bloßen Hände."

„Wie du meinst, Echsenmann", erwiderte Faghun. „Doch die Mädchen sollten wenigstens ein Schwert bei sich haben."

„Von mir aus", meinte Sanna. „Ach übrigens, Faghun, wie hat die Mutter dich eigentlich gerufen? Ich habe nicht mitbekommen, dass sie jemanden nach dir ausgesandt hätte."

„Sie hat mir einen Traum geschickt", erklärte der alte Krieger lächelnd.

Sanna wischte sich den Schweiß von der Stirn und warf einen neidischen Blick auf Lhors nackte Schulterblätter. Auf seiner schwarzroten Haut war kein einziger Tropfen zu sehen, obwohl sie nun schon den ganzen Tag in der glühenden Sonne ritten.

Der Zug der Khuzum-Krieger schlängelte sich wie ein einziges, riesiges Tier über die Dünen und wirbelte eine gewaltige Staubwolke auf, die sich aber in der völligen Windstille auch gleich wieder legte. Hinter Sanna ritt Phillo mit Shatra und lehnte ebenfalls erschöpft und durstig am hinteren Teil des Sattels.

„Innerhalb der nächsten halben Stunde müssten unsere Späher die Festung erreicht haben", meinte Lhor und trieb die Echse mit seinem Reiterstock wieder in die Reihe zurück, als das Tier auf einmal nach rechts ausscherte. „Dann werden wir sehen, ob wir noch heute angreifen oder bis morgen warten."

„Ich habe immer gedacht, dass es am sinnvollsten wäre, jemanden bei Nacht anzugreifen“, meinte Sanna matt und zerrte an ihrem Schwertgurt, der ständig verrutschte. „So könnte man den Überraschungseffekt nutzen.“

„Nachts ist es dunkel“, klärte Lhor sie geduldig auf, so als ob er eine völlig neue Tatsache verkündete. „Nachts können wir nicht kämpfen.“

Sie nickte. „Stimmt. Hatte ich ganz vergessen.“

„Die Späher!“, erschallte vor ihnen ein Ruf. „Die Späher sind zurück.“

Hinter der nächsten großen Düne warteten die drei Kundschafter, und der ganze Zug versammelte sich bei ihnen. Faghun rief Jayla, Sanna und Phillo zu sich. Jeans war auf der Echse ihres Vaters mitgeritten und grinste, als sie sah, in welchem Zustand sich ihre Freunde befanden.

„Ich glaube, ihr solltet mal was trinken“, stellte sie fest und reichte ihnen einen ledernen Wasserschlauch.

„Hör auf zu grinsen“, japste Phillo und riss ihr den Schlauch aus der Hand.

„Warum geht's dir eigentlich so gut?“, beschwerte Sanna sich und wartete ungeduldig, bis Phillo ihr das Wasser gab.

„Muss an den Genen liegen“, meinte Jeans vergnügt. „Übrigens sind wir in der Nähe von Mahouds Palast angekommen. Er befindet sich hinter diesem Hügel.“

„Sehen wir uns das mal an“, schlug Jayla vor und marschierte zum Kamm der gewaltigen Düne hinauf. Faghun und die drei Freunde folgten ihr.

„Irre!“, keuchte Sanna, als einige hundert Meter entfernt von ihnen das prächtige Gebäude auftauchte. Das Grün der Palmen rund um die Mauern schien fast wie aus einer anderen Welt, und auch die Kuppeln des Gebäudes hatten etwas Unwirkliches. Ein Ort des Lebens mitten in der Wüste. Sie konnten die Soldaten erkennen, die auf den Mauern und Dächern patrouillierten.

„Es wird schwierig werden, da hineinzukommen“, stellte Jayla nüchtern fest. „Das Tor bekommen wir auch mit den *Baclavs* nicht auf. Sie brechen sich höchstens die Knochen.“

„Wir müssen eine List anwenden“, sagte Faghun. Auf seinem Gesicht lag ein seltsames Lächeln, als würde er sich an Dinge erinnern, die er schon längst vergessen zu haben glaubte. „Wir müssen sie dazu bringen, die Tore zu öffnen.“

„Warum warten wir nicht, bis jemand kommt, dem sie öffnen?“, schlug Phillo vor.

„Die Späher haben niemanden in der Nähe bemerkt“, meinte Jayla bedauernd. „Das heißt, dass sie die Tore von sich aus heute wohl nicht mehr öffnen werden.“

„Die Späher haben aber jemanden übersehen“, erklärte Faghun. „Uns.“

Wenige Minuten später stieß einer der Soldaten auf der Mauer über dem Tor seinen Kameraden aufgeregt an und deutete nach Osten. Dort wanderten zwei Gestalten durch den Sand auf den Palast zu.

„Wer kommt denn da?“, knurrte der eine und kniff die Augen zusammen. „Die eine Gestalt scheint ein normales Mädchen zu sein. Aber was ist das für ein seltsames Wesen neben ihr?“

„Habe ich auch noch nie gesehen“, gab der andere zurück. „Ist das eine von den Echsen, die diese Wilden reiten?“

„Sieht nicht so aus, als ob man auf dem Vieh reiten könnte, es läuft ja auf zwei Beinen“, meinte der Erste und eilte sofort los, um seinem Offizier Bescheid zu geben.

„Denkst du, dass der Trick funktioniert?“, fragte Sanna zweifelnd. „Ich meine, vielleicht erschießen sie uns ja einfach und stellen ihre Fragen hinterher.“

„Zumindest werden wir ihnen dann sicher nichts mehr verraten“, erwiderte Phillo trocken. Ihm gefiel die Sache auch nicht besonders, aber Faghun hatte wahrscheinlich Recht. Wenn die Wachen auch nur einen Khuzum zu Gesicht bekämen, wären sie mit Sicherheit alarmiert. Aber mit ihm und Sanna konnte die Sache klappen. Er mochte gar nicht daran denken, was passieren würde, wenn es nicht klappte ...

Sie erreichten die Palmen mit den Wassergräben und ließen sich einfach an einem von ihnen nieder, um zu trinken. Wenigstens war ihr Durst nicht gespielt, schon nach dem kurzen Weg hierher waren ihre Münder schon wieder völlig ausgetrocknet.

Aus den Augenwinkeln beobachteten sie aufmerksam das Palasttor. Endlich ging es auf, und fünf Soldaten kamen auf sie zumarschiert. Heiße Wut ließ das Blut in Phillos Ohren rauschen, als er den Mann an der Spitze der Soldaten sah. Über seine rechte Wange zog sich eine lange Narbe. Das musste Wessim al'Khitai sein!

Sie senkten den Kopf und taten so, als wären sie bewusstlos vor Erschöpfung, während sich die Männer näherten.

„Das gibt es doch nicht!“, rief Wessim, als er die beiden reglos daliegen sah. „Verflucht, was bin ich für ein Narr! Ich habe diesem kleinen Teufel tatsächlich geglaubt!“

„Was ist das für ein Wesen, Herr?“, fragte ein anderer Mann.

„Man nennt sie Khoganer. Ich habe ihn schon in Thebul gesehen. Er hat die Braut von *Mahoud-tash* begleitet, zusammen mit dem Mädchen und dem Affen, den wir vor Tagen gefangen haben. Er hat behauptet, allein gekommen zu sein. Aber offenbar waren die anderen auch dabei. Nur hat der Affe es als Einziger geschafft, unsere Karawane zu begleiten.“ Wessim lachte grimmig. „Diese beiden müssen sich in der Wüste ein bisschen verirrt haben. Zur Hölle, jetzt fehlt nur noch, dass diese Khuzum ihr folgt!“

„Welche Khuzum, Herr?“

„Hralena hatte sich anscheinend eine Sklavin mit nach Thebul genommen. Doch es würde mich wahrlich überraschen, wenn diese Wilde nicht die Chance wahrgenommen hätte, sich aus dem Staub zu machen. Nun gut, packt sie und bringt sie hinein! Ich werde *Mahoud-tash* sofort unterrichten.“

Die Soldaten zerrten Sanna und Phillo hoch und schleppten sie zwischen sich her, ihre Arme um den Nacken des Mädchens geschlungen. Als sie noch etwa drei Schritte vom Palasttor entfernt waren, richtete sich Phillo plötzlich auf, packte die beiden Soldaten an den Köpfen und schlug sie mit aller Kraft aneinander. Benommen stürzten die Männer zu Boden.

Knurrend sprang Phillo die Soldaten an, die Sanna trugen, und streckte einen von ihnen mit einem Fausthieb nieder.

„Was?“, brüllte Wessim und zerrte sein Schwert aus der Scheide.

„Überraschung!“, grollte Phillo und trat dem anderen Soldaten mit aller Kraft zwischen die Beine, bevor er sich wehren konnte. Sanna sprang schnell außer Reichweite, während Wessim auf Phillo losging. Durch das Rauschen in seinen Ohren hindurch konnte er die Kampfschreie der Khuzum hören, die sich nun wie eine Welle über den Hügel ergossen und in rasender Geschwindigkeit die wenigen hundert Meter zum Palast zurücklegten.

Um Haaresbreite wich Phillo einem Streich Wessims aus und stürzte sich dann auf ihn. Der Mann wurde von Phillo umgeworfen wie von einem Hammerschlag. Sein Schwert fiel ihm aus der Hand, als ihm der über hundert Kilo schwere Körper des Khoganers auf die Brust drückte. Im nächsten Moment rollte sich Phillo auf den Rücken, wobei er Wessim dicht an sich gepresst hielt – gerade noch rechtzeitig, bevor die Soldaten auf der Mauer die Sehnen ihrer Bogen schwirren ließen.

Wessim keuchte, als sich ihm die Geschosse seiner eigenen Männer in den Rücken bohrten. Sanna sprang in den Schutz des Torbogens, sobald die Pfeile heranschwirrten. Hier war sie einen Moment lang sicher, und noch bevor die Soldaten sich von ihrem Schreck über den Tod Wessims erholt hatten, erreichte Faghun mit seiner Echse als Erster das Tor. Er preschte an Sanna vorbei hinein und schleuderte zwei Soldaten wie Kegel beiseite.

Die Schlacht um Fürst Mahouds Palast hatte begonnen.

Hralena blickte auf, als schwere Schritte sich der schwarzen Tür näherten. Art stocherte – wie schon den ganzen letzten Tag – eifrig mit einem völlig verbogenen Silbermesser an der Fassung eines Fenstergitters herum. Sobald die Tür aufgestoßen wurde, ließ er das Messer schnell hinter seinem Rücken verschwinden und setzte eine Unschuldsmiene auf.

„Mein Fürst!“, sagte Hralena ängstlich und erhob sich von ihrem Sofa, als Mahoud auf sie zustürzte, ein dünnes, glänzendes Schwert in seiner Rechten. „Was ist denn los?“

„Wir werden angegriffen“, knurrte Mahoud und packte sie am Handgelenk. „Eure Freunde aus Thebul sind hier, und sie haben eine ganze Khuzum-Truppe mitgebracht.“

„Was?“, schrie Art begeistert und sprang vom Fenstersims herunter. „Die anderen sind endlich da? Na bitte!“

Mahoud warf ihm einen Blick zu, aus dem die pure Mordlust sprach. „Wir werden uns nun verabschieden, Ihr und ich“, knurrte er und riss Hralena hoch. „Los, kommt mit! Wir haben es eilig!“

„Lasst mich los!“, kreischte Hralena, als er sie hinter sich her aus dem Zimmer zerrte. Art kratzte sich am Kopf und dachte kurz nach, bevor er hinter den beiden herrannte.

„Bitte tötet mich nicht!“, flehte der Mann zum tausendsten Mal, während er vor ihnen die Treppe hinaufrannte.

„Bringe uns nur zu ihrem Zimmer!“, schrie Jeans genervt und fuchtelte bedrohlich mit ihrem Schwert. „Wir haben es eilig!“

Keuchend rannten sie die hohen Korridore entlang hinter dem Soldaten her, der angesichts der Khuzum auch das letzte bisschen Mut verloren hatte. Nach kurzer Zeit erreichten sie einen runden Saal, über dem sich eine der prachtvollen Kuppeln wölbte. Im Türrahmen stießen sie vor lauter Hast zusammen und polterten fluchend in den Saal hinein.

Dann verharrten sie in erwartungsvollem Schweigen und erblickten zu ihrer Verblüffung Fürst Mahoud, der ihnen mit Hralena zusammen von der anderen Seite entgegeneilte und ebenfalls stehen blieb. Mit einer schnellen Bewegung zerrte er Hralena neben sich und drückte ihr die Spitze seines Schwertes in die Seite.

„Wenn ihr näher kommt, stirbt sie!“, donnerte er.

„Die Typen in diesem Land stehen wirklich auf Geiselnahmen“, murmelte Jeans. „Hat jemand ’ne Idee?“

Sanna und Phillo schüttelten den Kopf. Sanna wandte sich flüsternd an Faghun. Doch der alte Krieger stand wie versteinert da und starrte Fürst Mahoud starr an.

„Du!“, raunte er nur. Seine Augen glühten vor Haß. Mahoud betrachtete ihn aufmerksam. „Ich kenne dich, alter Mann“, rief er überrascht. „Vor sechs Jahren habe ich dich doch geschlagen! Ich dachte, du wärst tot – wie alle anderen auch.“

„Nein, ich habe überlebt", flüsterte Faghun. „Du hast mir meinen letzten Sohn genommen."

„Es war ein harter Kampf", erinnerte Mahoud sich grinsend. „Die Sache dauerte bis nach Sonnenuntergang, nicht wahr?"

„Mein Sohn ist bei Nacht gestorben, du Hund!", sagte Faghun ruhig und traurig. „Und du wirst jetzt sterben!"

„Aber nur, nachdem ich sie mit mir genommen habe", zischte der Fürst und drückte die flache Schwertklinge so fest an Hralenas Seite, dass sie einen Schmerzensschrei ausstieß. „Und das werden deine Freunde nicht wollen, Khuzum. Also wirst du dich noch ein bisschen gedulden ..."

In diesem Augenblick schoss eine braune Pelzkugel von hinten an ihm hoch und riss seinen rechten Arm zur Seite. Art senkte seine spitzen Affenzähne tief in den Unterarm des Fürsten, der Hralenas Handgelenk losließ, um sich gegen den kleinen Angreifer zu wehren.

Sofort stürzten Jeans und Phillo vor, um sich zwischen das Mädchen und den Fürsten zu stellen. Mahoud brüllte vor Schmerz, als Art noch einmal zubiss, wirbelte herum und packte sein Schwert mit der Linken. Doch bevor er zustechen konnte, hatte Art wieder losgelassen und segelte quer durch den Raum, von der heftigen Bewegung des Fürsten getragen.

Mit einem wilden Schrei landete er auf dem Marmorboden und überschlug sich noch ein paar Mal, bevor er benommen liegen blieb. Sanna packte ihn und nahm ihn auf den Arm wie ein Kind, um notfalls mit ihm zu fliehen. Bevor Mahoud wieder klar denken konnte, hatten Phillo und Jeans Hralena außerhalb seiner Reichweite gebracht.

„Nun ist es so weit", sagte Faghun voller Genugtung und zog seine zwei Schwerter aus den Scheiden hinter seinem Rücken. „Lass uns tanzen, ‚Der, der im Dunklen kämpft‘!“

Mahoud warf wilde Blicke um sich. Doch nun hatten sich alle hinter Faghun in Sicherheit gebracht, der sich ihm langsam näherte, ein Lächeln im zerfurchten Gesicht.

„In Ordnung“, nickte er und nahm das Schwert wieder in die Rechte. „Lass uns tanzen, alter Mann. Ich bringe dich zu deinem Sohn!“

Die beiden Kämpfer trafen aufeinander, Klingen klirrten und sie lösten sich wieder voneinander. Keiner der Freunde hatte genau erkannt, wie die Männer zugeschlagen hatten, so schnell bewegten sich die Kämpfer. Beide waren unverletzt, und sie betrachteten einander respektvoll. Eine seltsame Ruhe ging von den beiden aus, als sie noch einmal zusammentrafen und diesmal wirklich kämpften. Es war tatsächlich ein Tanz, ein tödlicher Tanz der Klingen und Körper, aber kunstvoller und eleganter, als die Freunde es je gesehen hatten.

Und dann plötzlich lösten sie sich wieder voneinander und blickten sich gegenseitig an. In Mahouds Gesicht zeigte sich Überraschung, als seine Beine unter ihm nachgaben und er zusammenbrach. Seine Klinge fiel klirrend auf den Marmorboden, und ein dünnes Rinnsal von Blut floss aus seinem linken Mundwinkel, während er sein Leben aushauchte.

Faghun sah eine Weile stumm auf den Körper seines Feindes hinunter. Dann steckte er seine zwei Schwerter wieder in ihre Scheiden und wandte sich zu den Freunden um.

„Nun hat mein Sohn den Pfad des Lichts gefunden“, sagte er, und seine blassgrünen Augen glänzten feucht.

„Ich hoffe nur, mein Sohn kann mir verzeihen, dass er meinetwegen sechs Jahre in der ewigen Nacht umherirren musste", seufzte Faghun und blinzelte in das schwindende Abendlicht.

Sie saßen auf dem Dach des Palastes und beobachteten den Sonnenuntergang. Die vier Freunde hatten in den Palastkellern die Zutaten für ein kleines Festmahl zusammengeklaubt und heraufgeschleppt. Nun saßen sie schon eine gute Stunde hier oben und berichteten sich gegenseitig von ihren Abenteuern.

„Warum findet er erst jetzt den Weg ins Licht?", fragte Art und stopfte sich ein paar Weintrauben in den Mund.

„Weil die Seele Mahouds hell genug brennt", erwiderte der alte Krieger einfach.

Jeans verzog das Gesicht. „Dumm gelaufen", meinte sie grimmig. „Und der gute Mahoud war noch nicht mal verheiratet."

Bei dieser Bemerkung musste sogar Hralena grinsen.

Im Palast herrschten nun die Khuzum. Sie hatten alle Soldaten zusammengetrieben und erst einmal in die geräumigen Kerker gesperrt. Später würde man sehen, was mit ihnen geschehen sollte. Am nächsten Tag wollten sie unter dem Schutz von einigen Khuzum mit Hralena nach Mohiad aufbrechen, der Hauptstadt Juwars. Dann wäre Hralena wieder bei ihrem Vater, König Jassair, und damit in Sicherheit. Und die vier Freunde konnten nach Thebul zurückfahren, um endlich ihren wohl verdienten Urlaub anzutreten. Denn dafür waren sie ja schließlich hergekommen!

„Faghun!", rief Shatra über die Dächer hinweg und winkte ihnen aufgeregt zu. „Sieh mal, dort!"

Alle standen mühsam auf und spähten nach Süden. Dort stieg eine gewaltige Staubwolke gen Himmel, wie sie nur eine große Reiterschar aufwirbelt.

„Was ist denn das?", fragte Sanna. „Noch mehr Feinde?"

„Lasst die Tore schließen!“, rief Faghun zu Shatra hinüber, der den Befehl eilig weiterleitete. „Ich wüsste nicht, wer Verstärkung geholt haben könnte“, brummte der Krieger und setzte sich wieder. „Nun gut, wir werden ja sehen, wer da kommt. Einstweilen kann sich Jayla darum kümmern. Wir haben uns alle ein gutes Essen verdient.“

Sannas Sorge war völlig unbegründet. Als sie über die Dächer gegangen waren und von dem Tor auf die Reiter hinuntersahen, entdeckten sie an der Spitze der gut hundert Soldaten zwei Männer. Der eine trug einen goldenen Umhang und prächtige weiße Kleider, von denen sich sein grauer Bart und das dunkle Gesicht abhoben. Der andere war wesentlich breiter gebaut, hatte ein stark gerötetes Gesicht und war mit einem schweren Kettenhemd bekleidet.

„Vater!“, rief Hralena halb erschrocken, halb glücklich.

„Richard!“, schrien die vier Freunde.

Das ernste Gesicht des Königs erhellte sich mit jedem Schritt, den er seiner Tochter quer durch den Hof entgegeneilte. Die Freunde begrüßten begeistert Richard, der erst einmal seine Kettenkapuze vom Kopf zog. Anscheinend hatte er es nicht über sich gebracht, seine gewohnte Rüstung gegen die luftigen Gewänder Juwars zu tauschen.

„Ich hatte erwartet, euch hier zu finden“, meinte er, „aber nicht als Burgherren. Seid mir gegrüßt, meine Freunde. Der Herr möge stets über eure Wege wachen.“

„Und über die Euren“, rief Sanna. „Wie habt Ihr uns gefunden? Und warum ist Hralenas Vater bei Euch?“

Der Soldat kratzte sich am Kopf. „Ich bekam von Perugas Ältesten ein Schiff und einige Ritter gestellt, natürlich nur nach ausführlichen Verhandlungen. Und dann hat mich euer kleiner Bote gefunden, der mir sagte, dass ihr nach Bardalar aufgebrochen seid. Dort habe ich herausgefunden, dass dieser – wie hieß er? – dieser Wessim hierher weitergezogen war. Da wusste ich mir nicht mehr anders zu helfen, als nach Mohiad zu reiten und König Sulfta zu benachrichtigen."

„Und dann seid Ihr hierher gekommen", sagte Phillo. „Gerade rechtzeitig, um den größten Spaß zu verpassen!"

„Ich bedaure es zutiefst", entschuldigte Richard sich ernsthaft. „Der Herr ist mein Zeuge, ich habe mich beeilt, so sehr ich konnte."

„Nun gut, zur Belohnung bekommt Ihr etwas zu essen", erwiderte Jeans gönnerhaft. „Wir haben ein kleines Mahl auf dem Dach vorbereitet."

„Dafür könnte ich euch die Füße küssen", meinte Richard lachend. „Ich werde seine Majestät bitten, uns Gesellschaft zu leisten."

Wenige Minuten später saßen die Freunde mit Richard, Hralena, Faghun und dem König in dem letzten Dämmerlicht des Tages auf dem Palastdach und schmausten munter weiter. Ein paar Soldaten des Königs brachten ihnen Fackeln.

Die vier Freunde mussten ihre Geschichten noch einmal in allen Einzelheiten erzählen, und der König hörte ihnen aufmerksam zu. Als sie geendet hatten, dachte er eine Weile nach.

„Ich muss euch allen danken", sagte er ruhig und sah in die Runde. „Mir fällt im Moment keine Belohnung ein, mit der ich meinen Dank angemessen ausdrücken könnte, doch ich bin mir sicher, dass mir noch eine Idee kommen wird."

„Ich hätte eine Idee", meldete Jeans sich ungewohnt leise. Die anderen starrten sie neugierig an.

„Wenn du sie mir verraten möchtest?"

„Mahoud ist doch jetzt tot", begann Jeans. „Das heißt doch, dass dieses Land jetzt einen neuen Herren braucht, oder?" Der König nickte, und Faghun wandte seinen Kopf langsam seiner neuen Tochter zu. „Nun, es ist so, dass die Khuzum sich wieder nach einem sesshaften Leben sehnen", fuhr Jeans zögernd fort, als der König die Stirn runzelte. „Könntet Ihr das Land nicht ihnen geben? Immerhin haben vor allem sie Eure Tochter gerettet, und zwar ohne dafür eine Belohnung zu erwarten."

Sanna und Phillo warfen sich einen unauffälligen Blick zu. Sie hatten den Khuzum nie verraten, wen sie da eigentlich retteten.

„Ich denke also", fuhr Jeans fort, „wenn Ihr den Khuzum dieses Fürstentum gebt, dann nützt Euch das gleich zweifach: Ihr habt ergebene Krieger gewonnen und zugleich eine gefährliche Räuberbande aus der Welt geschafft. Das wäre doch was, oder?"

„Cool getextet", kommentierte Art grinsend und nahm sich noch einen Apfel, während es Faghun und dem König erst einmal die Sprache verschlug.

„Und ihr wollt tatsächlich nicht mitkommen?", fragte Richard noch einmal, bevor er sich auf sein Pferd schwang. „Ihr habt doch keine Ahnung, wann ihr das nächste Mal ein Schiff nach Thebul findet."

„Notfalls fragen wir Hralenas Vater", meinte Sanna. „Gute Reise, Richard. Und sagt dem Bräutigam schöne Grüße."

„Hralenas Vater hat es ihr doch freigestellt, ob sie Larson noch heiratet", meinte Richard verdutzt. „Schließlich hat er durch die Khuzum völlig neue Machtverhältnisse im Land geschaffen."

„Nein, aber sie will doch", meinte Jeans stirnrunzelnd. „Hat man Euch nichts darüber gesagt?"

„Beim Allmächtigen", stöhnte Richard, straffte sich

dann aber. Immerhin war Hralenas Vater in Hörweite. „Das wird meinem König sicher schmeicheln“, log der Krieger und schwang sich in den Sattel. „Ich richte eure Grüße aus. Und gebt auf euch Acht, ich bitte euch.“

„Wir haben hier genug Leute, die auf uns aufpassen“, versicherte Phillo ihm. „Und in ein paar Wochen sehen wir mal wieder vorbei, denke ich.“

„Bis dahin behüte euch Gott“, sagte Richard, nickte allen zu und ritt dann durch das Tor in den Palmengarten hinaus, wo bereits der König mit seiner Tochter und seinen Soldaten wartete.

„Ich bin mal gespannt, ob er es herausfindet“, stellte Art kichernd fest. „Vielleicht spricht er ja gar nicht mehr mit ihnen über das Thema, weil es ihm zu peinlich ist.“

„Da bin ich mir sogar sicher“, erwiderte Sanna lachend. „Larson soll ruhig ein bisschen schmoren, bis wir ihn wieder sehen. Immerhin hat er uns die gute Hralena an den Hals gehängt.“

„Dafür hat Jeans ihr Volk gefunden“, gab Phillo zu bedenken. „Das ist doch nicht schlecht.“

„Und sogar einen zweiten Vater“, warf Jeans ernst ein. „Apropos, wollt ihr auch was lernen?“

„Wieso?“ Die drei anderen sahen sie fragend an.

„Faghun wollte mir Unterricht im Schwertkampf geben. Er meinte, dass ich mich schon bemühen müsste, eine würdige Tochter zu sein.“ Sie grinste wölfisch. „Und da will ich ihn natürlich nicht enttäuschen.“

Sanna griff in ihren Ausschnitt und zog den Anhänger hervor. „Wenn ich das hier richtig sehe, hast du noch einige Zeit übrig, um zu lernen“, meinte sie und steckte das Schmuckstück energisch wieder unter den Stoff. „Und ich, um zu schlafen. Jetzt fängt der Urlaub an, Leute. Nutzt ihn, es ist gerade mal ein Wochenende.“

„Was?“, schrie Art entgeistert. „Wieso nur ein ...“ Die anderen brachen in schallendes Gelächter aus. „Na gut“, brummte er. „Ein Wochenende also. Das kann ja heiter werden ...“

Andeas D. Hesse
Weltenspringer – Das Schwert der Macht
192 Seiten
ISBN 3-505-11000-0

Vier Jugendliche werden durch ein magisches Instrument in eine andere Welt geschleudert. Dort sollen sie ein Schwert an sich bringen, das unbegrenzte Macht verheißt. Dabei begegnen sie fremdartigen Wesen und müssen den Kampf gegen einen skrupellosen Herzog aufnehmen.

PepperMind

Thomas Feibel
BACK-UP
ein hacker-thriller
192 Seiten
ISBN
3-505-11419-7

Computerfreak Joe ist fasziniert von GoTo, dem genialsten Hacker aller Zeiten. GoTo arbeitet an einem geheimen Experiment: *BACK-UP*. Dieses Programm soll Mensch und Maschine verbinden. Joe kann kaum glauben, dass der Meisterhacker ausgerechnet ihn um Mithilfe bittet. Sofort stürzt er sich in das Projekt. Noch ahnt Joe nicht, dass er und GotTo bereits in Lebensgefahr schweben, denn eine verbrecherische Organisation hat es auf das Programm abgesehen ...
Ein packender Thriller von Computerjournalist Thomas Feibel.

Herbert Friedmann
Stunt. Die Feuerprobe
192 Seiten
ISBN 3-505-11437-5

Bjarne D. Svendsen
Netz aus Lügen
224 Seiten
ISBN 3-505-11227-5

Malorie Blackman
Nur ein Spiel
192 Seiten
ISBN 3-505-11282-8

PepperMind